GOBOOKS
& SITAK
GROUP©

GOBOOKS
& SITAK
GROUP ©

「新手妖怪研習中」

CHARACTER FILE

SHALOM ACADEMY

Fu Xin

賀福星

混血蝙蝠精

呃，我當了18年人類，
要我馬上習慣妖怪身分，太強人所難了啦！

Blood Type A

Height 172

外表年齡：16
實際年齡：18
生日：7/17
興趣：電玩、動漫、網拍
專長：自得其樂
喜歡的東西：和朋友在一起
討厭的東西：重補修

十八歲以前過的是窩囊的藥罐子人生，因病休學過兩年。考完基測後得知家族的祕密，進入夏洛姆就讀。個性單純，經常胡思亂想。

「警告：危險勿近」

CHARACTER FILE

SHALOM ACADEMY

理昂·夏格維斯

闇血族

你並沒有照顧我的義務，你到底有什麼企圖？

(闇血族血型)
Blood Type
CH

Height
186

外表年齡：18
實際年齡：198
生日：11/3
興趣：閱讀
專長：冷兵器
喜歡的東西：安靜閱讀
討厭的東西：被迫做不想做的事

福星的室友。內斂冰冷，總是獨來獨往，有時行蹤不明。據說是德國貴族末裔，校內的闇血族對他相當尊敬。

「嚴禁餵食」

CHARACTER FILE

SHALOM ACADEMY

Rocort

洛柯羅 妖精

吶，你身上有甜甜的味道，是食物嗎？

Blood Type
?

Height
189

外表年齡：18
實際年齡：？
生日：？
興趣：吃、和福星玩
專長：連續不斷地吃
喜歡的東西：吃點心
討厭的東西：蔬菜

內外宛若雲泥，雖有著足以讓女性引發暴動的俊帥外表，但內在卻是單純的小孩。愛吃零食，說話時常不經大腦。喜歡黏著福星。

「拜金奸商」

CHARACTER FILE

SHALOM ACADEMY

Emerald

翡翠 風精靈

免費？我豈是膚淺到把友情看得比錢還重要的人！

Blood Type A

Height 175

外表年齡：18
實際年齡：98
生日：6/6
興趣：賺錢
專長：數學、歷史
喜歡的東西：營業盈餘
討厭的東西：營業虧損

個性貪財，腦中總是盤算著各種賺錢的方法。經營網拍，並在校內兜售商品，幫人代購物品，總是拿著iPhone計算訂單或查看行事歷的行程。福星的好友。

三日月書版

三日月書版

SHALOM ACADEMY
Shalom Academy
of Special Animate Beings
Since 1692.
蝠星東來
Presented by LAN QI ZUO REN
novel.藍旗左衽 illust.ダエ
1
輕世代
FW180
三日月書版

Shalom Academy

＝蝠星東來＝

contents

Chapter01	西土之巔，福星東來	009
Chapter02	異類相近，沆瀣一氣	033
Chapter03	暮色朦朦，宜，夜襲室友	059
Chapter04	月光朗朗，忌，澡堂偷香	087
Chapter05	無能不是病，治起來要人命	113
Chapter06	瓜田李下，看見黑影就開打	141
Chapter07	節能環保，醫療資源再利用	169
Chapter08	萬聖試煉，百鬼夜行	185
Chapter09	萬聖試煉，千魔亂舞	201
Epilogue	白雪霏霏，收拾行囊好過年	225
Side story	追逐與逃離，是欲迎還拒的詭計， 在撞擊的高峰期揮灑各種汁液—— 其實是體育課	231
Side story	晚餐時間大突襲——主角們的日常	275

SHALOM ACADEMY

Chapter01

西土之巔，福星東來

SHALOM ACADEMY

賀福星坐在階梯式的座席之中，埋沒在人群裡，一臉茫然地望著教室前方。

中年微胖的男子奈德是這堂課的教授，此時正站在寬敞的講臺上，捧著一個玻璃瓶，彷彿將要品嘗醇釀的老饕一般將瓶口扭開，一股淡淡的汽油味隨之飄散。

這老傢伙在搞啥?賀福星挑眉，狐疑地盯著對方的一舉一動。雖然已經進入這間學校兩天，但他仍然無法全然相信自己眼前的一切，甚至懷疑這是一場騙局。

——他的家人設下的騙局，為了報復他的基測成積總和比他的體脂肪指數還低。

奈德搖了搖瓶身，將透明的液體灑在大理石地面上，積成一灘不規則的圓圈，接著拿出火柴，爽快地擦起一簇火花，優雅地將之拋向浮著油的地面。瞬間，熊熊烈火燃起。

「靠夭！」他忍不住驚喝出聲。這玩太大了吧!瑞士人都這樣搞的嗎?好歹聯合國總部設在這裡，怎麼老師的行徑卻和恐怖分子沒兩樣!

然而，明晃晃的火燄並未將那肥矮的身軀吞噬，反而像是被風吹拂的牧草一般朝外側傾倒、焚燒，彷彿有道看不見的牆隔在教授與火燄之間。賀福星傻眼。

「這是基本的結界，我所設的斥退條件是火燄，所以火燄無法進入以我為中心的半徑五十公分以內。隨著能力的提升，結界的種類和範圍更廣，你可以將任何事物驅逐出你所設定的場域。」

奈德優雅地解說著，接著從懷中掏出一只細瓶，將粉末灑到火燄上。下一刻，火燄立即消散，只餘下一陣濃煙。坐在前排的學生一邊咳嗽、一邊拿起筆記本搧去煙霧。

賀福星嚥了口口水，繼續瞪著臺前。

奈德彈指，一群長著翅膀的小妖精憑空出現，拿著抹布水桶，迅速地把地面上的殘燼清除乾淨，然後瞬間消失。

所以說，這是真的……老爸老媽沒騙他，他真的進入了一所不屬於人類的學校。

現在，從頭說起。

他是賀福星，平凡的十八歲學生。數個月前考完國中基測——是的，十八歲，拜天生體弱多病所賜，他曾經休學兩年。就在收到榜單那一天的晚餐時間，他的父母、老姐，嚴肅地告訴他隱藏在家族中的祕密。

「我們懼怕陽光，所以只在夜裡行動，但我們比人類強壯，也更加長壽。另外，我們喜歡鮮血的味道……」賀老爹信誓旦旦地說著：「總之，我們不是人類。」

面對這番驚天動地的宣告，賀福星先是愣愣，接著不由悲從中來。

沒想到，他的爛成績竟然把老爹氣到腦中風……

「福星，這是真的喔。」琳琳笑著開口。琳琳是他老媽，名叫符琳，琳琳是她的小名，她喜歡家人這樣叫她，說是這樣感覺比較年輕。

福星乾笑了兩聲，「呃，這樣啊……」怎麼辦？連媽媽也神智不清了。這個時候要怎麼做?叫救護車嗎?

「別一臉白痴相。」賀家長女賀芙清氣定神閒地吃著盤裡的麵,「這或許超出你的腦袋可理解的範圍,但的確是事實。」

「妳才一臉白痴相!」

連老姐都這麼說了,那麼,或許有些可信度吧。芙清是家裡最精明冷靜的人,沒有理由和家人一起發瘋。

大概是身為作家的老爸職業病又作祟,刻意以超現實的語法來敘述簡單的事情吧。好比上回,老爸一臉悲憤地痛斥:「自由意志再度與人性醜惡面導致之殘酷現實妥協。」家裡沒人知道他在說什麼。結果搞了半天,原來老爸只是在抱怨他每週三固定要吃的蚵仔麵線攤無故休息罷了。

「嗯,所以呢?」既然不是人類,那麼應該是什麼?吸血鬼?惡魔?還是外星人?嘖,不管是哪個,應該都只是個形容詞吧。

「賀家人的真實身分是——」賀玄翼深吸了一口氣,「蝙蝠精。我是純正的,而琳琳是人和蝙蝠精的混血,所以你們有四分之三的蝙蝠精血統。」

「啥?」為什麼是這麼中式的答案?好了,他投降,他實在猜不出蝙蝠精的象徵意義是什麼。福如東海?還是福壽全歸?「所以呢?」

「所以，你得去這間學校就讀。」琳琳拿出一份米色文件袋，遞給福星。

「啥？」感覺前後文沒什麼邏輯性。老爸的胡言亂語和就學有關嗎？難不成蝙蝠精已經被編入政府的重點補助對象？

福星抽出文件，唸出上頭的文字，「夏洛姆學園，特殊生命體專門學校……？」

特殊生命體是啥啊？難道是特教學校的別稱？

「是的，專收人類以外的生物。」

「你考上一所又貴又爛的私立學校，進去讀等於是把錢丟到香爐裡，而且得不到任何冥報，我們家的經濟狀況供不起。」

福星不滿地為自己辯解：「會考那樣是有原因的——」

「是啊是啊。社會科看錯題號，整排答案往上移一格；數學科沒發現最後一頁有題目；國文科則是在作文紙上寫了校名和姓名，還自以為文藝青年搞了首新詩上去；至於自然科本身就爛，就算沒出問題也好不到哪裡去。」賀芙清懶懶地挖了挖耳朵，「能夠同時犯下這些錯誤，也是個奇葩，可謂蠢蛋界的泰斗。」

雖然聽起來非常刺耳，但賀芙清說的是事實。

福星自知說不過對方，便重重地哼了聲。他隨意翻閱起文件，赫然發現入學集合處竟然在瑞士！「夏洛姆學園在瑞士？」

「是啊。」

「正確來說，應該是在阿爾卑斯山脈上的某個角落，畢竟這種學校不能蓋在太顯眼的地方。」賀玄翼一副老謀深算的模樣，侃侃解釋。

「那怎麼不乾脆蓋在喜馬拉雅山上算了，還可以騎犛牛咧。唸這種學校比私立學校貴吧？」

賀玄翼露出一抹高深莫測的精明笑容，「學費全免，還有獎學金。」

「真的假的？」

福利這麼好，感覺像是詐騙集團……不過，特地從瑞士飄洋過海來騙人，也難得有這份用心，這年頭敬業的人已經不多了呢。

福星繼續翻閱文件，文件裡除了一般學校有的入學須知外，還有許多詭異的詞彙穿雜其中，像是巫咒、人類社會、妖化初代、次生種、混血種，完全超出他原本的世界觀。

啊，他懂了。

福星揚起微笑，故作理解地點點頭，望向賀玄翼。「老爸，這是你的文稿吧。嗯，題材很吸引人，這次應該會過稿，奇幻小說最近很流行。」

「我才不寫那種騙小孩的東西！」賀玄翼瞪了兒子一眼，「你還沒搞清楚狀況？這全是事實，你是蝙蝠精，從九月開始，你得去這所專收我們這種生物的學校就讀！」

「好吧，就算是事實好了。」賀福星抓了抓頭，「那為什麼現在才告訴我？」

過去的十八年裡，他一直過著平凡人的生活，甚至過得有點窩囊、有點乏味，為什麼不早一點告訴他這個「真相」，讓他的生活有趣一點？

「本來以為你遺傳到的人類比例較重，因為你沒有蝙蝠精的能力，同樣的，蝙蝠精具有的弱點你也沒遺傳到。你可以在大太陽下曝曬一整天，這是我們所做不到的。」

賀玄翼長嘆了一聲，「我們考慮了很久，雖然想讓你繼續過原本的生活，但你的體內畢竟流著精怪的血，這樣的情況並不正常，所以決定讓你去夏洛姆學院，多和同類接觸，加上那裡的特殊課程，對你的能力開發應該有所幫助。」

「更重要的是，我們不想浪費錢在無意義的事情上。」芙清補了一句。

福星瞪了她一眼，「妳少囉嗦！」對了，老姐不是也在外國讀過書嗎？難道──

「老姐的高中也是在那邊讀的？」

「是啊。不過她是一邊在瑞士的普通高中就讀，一邊在夏洛姆修課。」賀玄翼悠哉開口：「但是你的狀況不同，你專心在夏洛姆唸書就夠了。夏洛姆有管道可以頒給你一張普通瑞士高中的畢業證書。學園裡除了針對特殊生命體的課程外，也開設一般的學術課程。等到畢業後，看你是要回國考試，還是要像芙清一樣申請國外的學校都可以啦。」

真是有夠豪邁的多元入學啊！

「福星不想立刻去讀也沒關係，反正蝙蝠精很長壽，重考一百次也沒問題。」琳琳微笑著溫柔開口。

「呃，我沒有差到這種程度啦……」他可不想再留級了。

賀福星看著文件，聽著家人的嘮叨絮語。雖然家人說得煞有其事，但他還是覺得，這一切都只是唬爛他的騙局，目的只是為了讓他乖乖出國念書。外婆是法國人，他猜想，八成是透過外婆的人脈在國外幫他安插了一所學校吧。

真是，有話直說就好了嘛，這麼大費周章，又不是騙小孩子進醫院……

「你好像還是不信？」賀玄翼瞇眼盯著發呆中的兒子。

「呃，我信啊。」才怪。

「你的反應未免太平淡了，一點都不驚訝。」

「我驚在心裡。」

「要不要我們展現精怪的能力給你看？」琳琳笑著開口，「阿翼從頂樓跳下去都不會有事喔，因為他會飛。」

「呃！不用了！」趕緊拒絕，免得老爸沒臺階下。否則到時候還沒參加開學典禮，就得先參加老爸的喪禮了。

雖然覺得很荒唐，但不是完全不信。相處了十八年，他當然會發現自己家人有些異於常人之處，只是，他無法真心相信家人的說詞。

蝙蝠精？這太誇張了。如果這是真的，那麼他的家人在過去的日子裡，總是會趁著夜晚，穿戴面罩和緊身衣、駕著非法改裝的黑色跑車，在城市裡打擊犯罪囉？

嗯，好像有點不太對……算了，反正都是假的，不管是哪一種說詞都沒差。

他只確定一件事，過完暑假，他得到瑞士讀書。

唉，不知道瑞士有沒有漫畫出租店……

就這樣，抱著半信半疑的心情，時間匆匆度過。

九月初，賀福星在父親的陪同下，搭了十八小時的飛機、四小時的車，外加半小時的步行，來到了夏洛姆。

頭兩天的課程都很正常，所以他感覺不到異樣，雖然對同學都說中文的事感到好奇，但卻也以「華語學校」這個理由說服了自己。

剛來到異國的水土不服，使得他頭兩天的住校生活在腹瀉和暈眩中度過，根本無心與他人互動。雖然寢室是二人房，但他的室友還沒搬入，所以他也沒有聊天的對象。

他一直以為這只是間普通的偏僻中學，就連這門「基礎巫咒」，他也以為是名稱翻譯出了問題的「文法教學」課程。

直到此刻，他才真真切切、徹徹底底地感受到，自己踏進了不得了的地方。

太遲鈍了，賀福星。

「結界的功能主要是防禦，但是運用得當的話，有時也可以成為攻擊敵人的陷阱。」奈德教授繼續開口：「比方說，你可以將結界裡的空氣抽光。」

他用手指在桌上畫了個圓，低吟幾聲，接著從桌子底下拿出一個裝著蟑螂的玻璃瓶，將蟑螂丟入方才指的地方。只見蟑螂在桌面著地之後，開始猛烈抽搐、四處亂竄，但卻總是走不出方才畫定的範圍。片刻，四腳朝天，一命歸西。

賀福星瞪大眼，驚愕地看著那僵死的蟑螂。

好方便！這招學會的話，以後就不用清理鞋底下稀巴爛的小強渣了——這不是重點！

這種事、這種事……什麼結界咒語和魔法什麼的，這種事真的存在！

這麼說的話，他身邊的同學，甚至是臺上那位看起來溫和敦厚、有如肯德基爺爺的老師，真的都不是人類？就像老爸說的，全是精怪、狼人、吸血鬼這類超自然生物？

賀福星嚥了口口水，不由自主地打量著周遭的人。老實說，他對超自然和靈異之類的話題沒轍，正確地說，是非常害怕。

冷靜點，他沒必要緊張，他是他們之中的一分子，沒有理由害怕。這是個地球村的時代，不管來自何方，人人都是好朋友……

賀福星在心裡安撫著自己，繼續偷偷地觀察著教室裡的同學，企圖看出些什麼端倪。

每個學生看起來皆神色自若，似乎對教授的伎倆見怪不怪。他們外表就和一般人類一樣——呃，其實不太一樣。這裡大部分學生長得都極為出色！不管是男人或女人，不管是哪一種膚色、種族，全都擁有出色的外貌，簡直就像《名模生死鬥》的錄影現場。

彷彿從時尚雜誌走出的各國學生之中，混著他這麼一個平凡的東方臉孔，有如精緻的巴黎名店馬卡龍禮盒裡，摻放了一顆滷蛋。他不只裡子和他人格格不入，連外觀看起來也超不協調！

這裡真的是針對什麼「特殊生命體」設立的學校？他承認這裡確實異於常態，但是現場的每個人，看起來就是人類啊。

「……接下來，我們請同學上來示範，第五排右邊數來第三個黑髮男同學。」奈德看著福星，笑著開口。

「呃？」福星回過神，「我？」

「是的。就是你。」奈德漾著和善的微笑，對著福星招招手。「別緊張。」

福星遲疑了片刻，硬著頭皮，起身走向講臺。

「呃，那個，教授，我恐怕沒辦法完成您的要求……」他老實而婉轉地開口。

「噢，沒關係的，你太謙虛了。」

這不是謙虛。「其實，我沒試過這個。」以他的能力而言，他向來沒有謙虛的機會。

「真的？那麼我就是你的啟蒙導師囉！呼呼，開發新人真是令人愉悅啊。」奈德驚喜地咧嘴而笑，一臉躍躍欲試的表情，「別緊張，凡事都有第一次。記得我剛才說的步驟和方法嗎？」

賀福星遲疑了片刻，點點頭。他五分鐘前才真正了解狀況，在此之前，他是個連門在哪裡都渾然不知的門外漢。他極度不確定，自己是否真的知道要怎麼做。

「那就照著步驟來吧！等一下我會站在你身邊，你先立一個基本的結界，點起一小叢火燄，再用結界把火燄排除。」奈德鼓勵性地拍了拍福星的肩，接著從講桌上拿起一根火柴，點燃火燄，「有問題的話，我會從旁協助的。別小看自己，儘管嘗試，新手總是會有驚人的潛力喔！」

福星盯著奈德，確定對方不打算放他回座，只好乖乖地聽從指示。

沒辦法，死馬當活馬醫吧。反正丟臉也不是第一次了。

福星深吸了一口氣，咬牙，閉上眼睛，回想著方才的上課內容。

他想想……首先，專心集中意志——集中！集中！好、很好，他好像有集中了。接著在心中界定一個範圍——嗯，範圍？要多大？一公尺夠嗎？算了，隨便啦，反正又不會成功……

最後一步，想著結界的設置條件，是要排除某物，還是禁制某物——教授剛才要他排除火燄，所以應該排除吧。

福星在心裡默想著步驟，但是，他自己感覺不到有什麼變化。而臺下傳來的輕笑聲，像是飛蠅一樣，擾亂著他的專注力。

「加油，你快完成了！」奈德教授的聲音從他耳邊響起，「我感覺得到有咒力在運行！再加把勁，火燄就會熄滅！」

真的？會成功？奈德的話給了福星動力。他更加集中自己的心志，眉頭緊緊皺起，心裡不斷地反覆著相同的念頭。

排除……排除……排除……

排除，把他身邊除了人以外的東西，全部排除！

「轟！啪啦！滋！」一聲爆破響起，同時，刺耳的撕裂聲和木頭的崩碎聲一併傳來。

成功了嗎?!

在聲響的同時，賀福星睜開眼，望向奈德。

奈德教授站在原地，手中的火柴立即粉化，化為塵埃——除此之外，那包裹著那矮肥身軀的西裝，瞬間化成碎片、朝外飛散，彷彿被無形的拉力抽離一般！

呃！這是怎麼回事！

賀福星的目光隨著布料劃過空中，到達直徑一公尺外的地面。他驚愕地望著一地碎布，赫然發現，在片片米白碎布之間，有一坨深褐色、毛茸茸的東西一同墜落在講臺邊。

這、這是……？

抱著不安的預感，他緩緩回頭，望向奈德教授。

原本和藹的肯德基爺爺，此時竟變成發福的龜仙人，而且全裸！

嘈雜喧鬧的聲音頓時從教室的每個角落響起。

「你、你竟然！」奈德又羞又怒地瞪著福星。

福星趕緊道歉，「啊啊！對不起！」

這時候要怎麼辦！對了，不能繼續讓教授丟臉！

為了表示他的誠意，他趕緊彎下腰，伸出手，準備赤掌擋住奈德的第三點。

「做什麼！你這小變態！」奈德拍掉福星的手，驚恐地夾住自己的兩腿之間。

「我只是想幫您遮住。」他誠心地開口。

「不用了！」

奈德彈指，方才的小妖精再度出現，他們看見奈德的狀況，先是愣愣，接著在空中笑得東倒西歪，最後在奈德的瞪視下，趕緊變出布條，一人拉一段，左飛右飛，幫奈德遮蔽身體。

這個畫面讓賀福星想起世界名畫〈維納斯的誕生〉。不過，是超現實派……

「看什麼看！」奈德對著福星怒吼，「你是故意的，對吧！」

「絕對不是！」福星一驚，向後退了三步，不小心跌了個踉蹌，倒向第一橫排座位。

「啪滋！」布料碎裂的聲音再度響起，驚叫聲再度傳來。

「啊！」坐在第一橫排的學生，衣料像飛鏢一般，向外飛射，桌椅也頓時碎裂。

「啊啊抱歉！真的很抱歉！」福星一邊起身，一邊向旁移動。

「啪滋！啪滋！啪滋！」

福星所經之處，碎布飄零滿天，驚叫和嘈雜聲更加紛亂。

「你的結界還沒解開，不要亂動！」被布條包滿全身、彷彿木乃伊的奈德，一邊大喝，一邊低誦著咒語，解開福星的結界。

福星愣了愣，不敢亂動。他發現，奈德走向他時，身上的布條沒有飛散，才確定結界已經解除。

混亂暫時不會擴張，但是已造成的「災情」，一時間無法復原。

有些學生直接化成原形，避開裸身帶來的尷尬。原有的空位上，多了一匹狼、兩隻狐狸，還有一隻帝雉。

部分學生無法變換成另一種形體，只好以手遮掩那完美身軀，優雅地坐在地面，彷彿一尊尊精緻的雕像。精靈族的學生，將隱起的翅膀展開，用半透明的羽翼勉強擋住來自後方的視線。

這個場面，再度震撼了福星。

人竟然變成動物！呃，還有翅膀！這、這太誇張了……

福星的目光瞪得像湯圓一樣大，直勾勾地望著坐在他斜前方的銀髮少女。少女的耳朵此時變得又尖又長，柔軟如絲的長髮垂到胸前，沿著身軀，遮蔽著玲瓏的曲線。

他嚥了口口水。

這太、太誇張了，簡直不像真的——美得太誇張，令他難以移開目光。

如果這個時候拿出手機來拍，會不會被當成變態？

少女發現福星呆滯而驚豔的表情，微微地揚起嘴角。

賀福星心頭一跳，回以痴呆的傻笑。嘿嘿嘿……好漂亮的女生喔……

「你！」

沉重的大掌用力的拍上賀福星的肩。回頭，只見全身裹著布條的奈德，一臉怒意地瞪著他。那醃菜缸般的線條，硬生生地將他從粉紅色幻想中拖回現實。

「教授，我很抱歉。我不知道會變這樣——」

「不必再說了。」奈德朝殘亂的講臺上揚了揚下巴，「不管原因和目的為何，這是你製造出來的結果。等會兒留下來和布朗尼收拾善後！」

「布朗尼？」那不是吃的嗎？

當全體學生散了之後，他才了解，奈德口中的布朗尼，是指那些飛舞的小妖精。

妖精一邊飛旋，一邊迅速地清除地面上的殘燼，賀福星則是負責將較大的垃圾搬移到小妖精指定的地點。布朗尼一邊飛，一邊用福星聽不清的語調流利地對話，從他們的表情可以判斷應該是在抱怨，有時候還會對福星發出刺耳的威嚇聲。

和那麼可口的點心同名，至少也溫柔一點吧……福星一邊收拾，一邊在心裡嘀咕。

話說回來，他覺得有點不可置信，自己竟然有辦法造成這麼大的騷動，他有這麼強大的破壞力嗎？

福星沉思片刻，盯著自己的雙手，回憶著剛才的感覺。

就算是真的，那又如何？

剝光衣服的技術超強，這似乎沒啥可喜的，報出來只會讓人覺得猥褻罷了。

匆匆收拾完現場，在第二次鐘聲響起時，福星離開教室，趕往下一間教室。

課表上的最後一堂課寫的是班級時間，必須到班教室集合。

賀福星是C班，他照著指示，前往教室所在的校舍。

班級時間是指班會吧？不知道他的導師是什麼樣的人？不知道他會和哪些人同班？總

之，不會是人類就對了。

走上樓，轉彎，走廊底端杉木門板上，印著金色的C。

福星走向門，輕輕地推開門扉，喧譁聲從門縫傾瀉而出。

寬敞的空間裡，鋪著藍色與紫紅色系的地毯，牆面嵌著一座火爐，牆上掛滿了許多圖畫和木雕。房裡擺了兩、三組沙發，也是以藍色和深紫色調為主。

除了大型沙發之外，大大小小的厚墊矮凳和單人木椅散置在其中。兩側的牆面嵌著古典長櫃，櫃子下端突出一排鋪襯墊的矮櫃，讓人可以坐在上方。室內的最裡側有張巨大的原木桌，旁邊放著一架可移動的黑板，而天花板上懸著一盞華麗的水晶吊燈。

負責C班的導師還沒來，屋裡大約有二十人左右，大部分已經各自形成小團體，三三兩兩地聚在一起閒聊。

福星一邊張望打量著整個房間，一邊向角落的空位移動。他發現有個女生在他進入時瞪了他一眼，他認出對方是剛才的課堂上變成狐狸的人。

他的同學是狐狸精呢，不知道她愛不愛吃油豆腐，印象中日本漫畫裡都是這樣演的。

賀福星才坐定，便感覺到有人拍他的肩膀。他回頭，只見一名具有東方古典美的少女坐在他身旁。對方有著黑色長髮，眼睛卻是深湖藍色，五官柔美。一襲水藍色的紗質衣料穿在水嫩的皮膚上，像是水波一樣，隨著呼吸輕輕地飄動著。

「你好。」她揚起水嫩的嘴唇微笑。

「妳好。」福星受寵若驚地開口回應。在臺灣，陌生的女孩主動找他攀談的次數非常少，大多是在臺北車站前找人填寫問卷的工讀生。

「剛才的表現很精彩喔，我第一次知道結界有這種用法呢。」

「那是意外啦。」福星不好意思地搔了搔頭。

少女輕笑，「不過，你毀了我的制服，害我得回寢室換上便服過來。」

「真的非常抱歉！對不起！我會賠償的。」

「沒關係，制服是免費的，學校會補發一套。」她爽朗地微笑，「況且，託你的福，看到不錯的畫面。」

「呃，什麼？」他有聽錯嗎？

少女笑了笑，繼續開口，「我叫珠月，你呢？」

「賀福星。」他略微緊張地回答。「叫我福星就可以了。我是從臺灣來的，妳呢？」

衝著珠月的溫柔與甜美的笑容，就算要用血書填完一百份問卷他也甘心！

「我常在東海和黃海一帶出沒，有時候會溯長江而上，到洞庭湖活動。」

黃海？溯長江？「所以說，妳是……？」

「我是蛟人。」她微笑。

「是美人魚嗎？」哇，好夢幻！

「那是歐洲種，東亞一帶以蛟人為主。人魚的水棲型態是半人半魚，蛟人比較像是半人半蛇。」

「這樣呀。」難怪她有著海洋般的雙眼。「妳一個人來嗎？」

「是的。我喜歡人類的東西，所以族裡派我來學習。你呢？福星是什麼種族的呀？」

「我是精怪類的，是蝙蝠——」

話還沒說完，他感覺到脖子一緊，接著視野開始移動，離地面越來越遠。

「這不是剛才的小變態嗎？」渾厚的聲音從背後響起。

福星回頭，只見一名身形高壯、彷彿美式足球員的男子站在他身後。對方深綠色的眼珠和他平行——話說他什麼時候變得這麼高了？眼角向斜上方一瞄。呃，原來並不是他長高，而是被人從後方抓著領子單手提起。

超遜的姿勢。

男子朝福星的頸邊靠近，一瞬間他以為對方會咬他脖子，種個血淋淋的大草莓在上面。

然而，對方只是嗅了嗅，然後輕蔑地開口：「聞起來像是人類。我記得夏洛姆不收人類。」

他冷哼了聲，「該不會是白三角那幫雜碎派來的吧？」

白三角？那是什麼？巧克力的品牌嗎？

「你誤會了，我不是人類。」為什麼好端端的會飛來橫禍？啊，他知道了，這就是所謂的校園霸凌事件！「嗯，如果你是要錢的話，我只有三百元臺幣……」

「你說什麼？」男子挑眉，對福星的反應感到不解。

福星試著冷靜溝通。這是琳琳從小教導他的，遇到越艱險的狀態，越要冷靜。可惡之人必有可憐之處，或許這位看起來凶狠的大塊頭，也來自於一個困苦的家庭。或許，他只是個缺乏關注、希望得到注意的孩子罷了。

想至此，不忍之情再度油然而生。

「別這樣吧。」福星努力揚起慈愛的笑容，「你是個好孩子，別做這種事，大家都是好朋友。嘿嘿嘿。」

男子露出了難看的表情。那種表情就像本來想伸手測雨，卻發現落入掌中的是鳥屎。

「布拉德，我可以確定他不會是白三角的人。」站在一旁的另一名棕髮男子開口，「除非白三角是精神病院。」

「福星是蝙蝠精。」好心的珠月擔憂地看著被拎在半空中的福星，幫他辯解，「請你放他下來。」

這位名叫布拉德的老兄回頭望了珠月一眼。

雖然福星自身難保，但他擔心對方會對珠月不利。然而，布拉德只是盯著珠月片刻，接著竟然聽話地將福星放下——不，是把他扔向靠近爐邊的座位旁。

「蝙蝠？」布拉德冷哼了聲，對著火爐的方向挑釁地開口，「原來是吸血蟲那邊的人，難怪這麼弱。」

吸血蟲？是指吸血鬼嗎？福星摸著發疼的臀部，抬起頭。

聚在火爐邊的人原本對這場騷動置身事外，但是聽見布拉德的話後，全都靜下，以漠然的眼光瞪向這處。

「你是在說我們嗎？小笨狗？」擁有紅棕色捲髮的美女冷笑著諷刺，「你是不是舔了自己的糞呀？怎麼盡說些狗屎話。」

「管好自己的族人。」布拉德冷哼，瞪了福星一眼。「賊頭賊腦的，看了就礙眼！」接著，率性地轉頭而去。

福星趕緊開口，「不，你誤會了。我不是吸血鬼。」原來布拉德以為他是吸血鬼，所以才這樣對他囉？

布拉德停頓了一下，懶懶地回過頭。「啊？」

「我是蝙蝠精，是精怪，不是吸血鬼。」

布拉德不以為然地看了福星幾秒，然後勾起嘴角。「噢，是嗎？」

「是的。」

「嗯，我相信。」

「喔。」沒想到這傢伙還頗明理的。「為什麼？」

「因為闇血族的人不會稱自己是吸血鬼。」陰冷的聲音從福星後方傳來。

福星回過頭，只見坐在沙發中央、一臉冷厲的黑髮男子，正以陰狠的目光怒視著他。

「吸血鬼，是對我族的蔑稱。」低沉的聲音一字一字地吐出。

雖然對方沒有任何動作，但周遭的氣氛卻充滿了壓迫感，令人倍感威脅。

好樣的，他只顧著安撫布拉德，沒想到卻激怒了另一幫人。

「不、不是，我沒有輕視的意思，只是為了避免被誤會成闇血族的人，所以——」

「被誤認是闇血族，令你感到羞恥？」

「不是的！」

慘了，怎麼越描越黑！他偷偷地側過身，看了一下身後的狀況，只見布拉德已回到自己的團體之中，一副看好戲的模樣。

珠月一臉憂慮地站在原地，不知所措。其他人不是繼續做著自己的事，就是像布拉德一樣，抱著隔岸觀火的態度，默不作聲地看著。

噢喔，好像越弄越糟了。為什麼他總是會把事情搞砸……

福星突然恍神，想起了小時候聽過的一個故事。不是鳥類、也不是走獸的蝙蝠，被所有的動物給唾棄排擠，最後只能孤單地在夜裡獨自飛行，度過一生——

福星回過頭，繼續面對盛怒中的闇血族，目光正好和黑髮男子對上。他發現，對方的深色眼珠竟然微微冒著紅光。

看起來他還沒機會獨自飛行，就要結束一生了。

Chapter02

異類相近，沆瀣一氣

SHALOM ACADEMY

「喀啦！」

正當情勢似乎一觸即發，儼然下一秒有人就要血濺五步、命喪黃泉時，教室的門扉突然開啟，響亮的腳步聲隨之傳來，接著是一陣洪亮而刺耳的吆喝。

「不要在我看得到的地方鬧事！我可沒那閒工夫處理。」

眾人回首，只見一名高大的豔紅色身影出現在門邊。

是個女人，打扮得非常誇張的女人。

高大的身軀上，穿著酒紅色的馬甲上衣，緊繃的皮短褲下伸出兩條穿著大格網襪的長腿，腿上套著一雙超細根的黑色長靴。紫黑色的羽毛披肩纏繞在肩頸，挑染五種顏色的長髮紮成高高的馬尾、垂在腦後。臉上的彩妝非常濃豔，散發狂野的妖豔。

女子冷冷地瞥了福星的方向一眼，然後逕自走向大方桌。黑髮男子輕哼了一聲，籠罩在周遭的肅殺氣氛立即消失。

謝天謝地，看來危機是解除了。福星起身，看了黑髮男子一眼，雖然他極想和對方解釋，但目前的景況並不適合。於是他向對方點了點頭，表示歉意，接著跑回珠月身邊。

「我是你們的導師，歌羅德．亞伯蘭。身分是妖巫。」女子將肩上那華麗的毛皮背袋隨手扔到桌面，然後坐在桌沿。「在你們畢業之前都歸我管。你們最好配合點，別給我闖禍，也別做出惹惱我的事。」

「要不然呢？」布拉德挑釁地詢問。

她轉向布拉德，看了他一眼。「狼人布拉德．阿爾伯特是吧。」

布拉德點點頭。

歌羅德勾起紅豔的嘴唇，伸手拍了拍桌上的袋子。「你想變成我的新包包嗎？」

布拉德微微一愣，皺起了眉，但是又不敢公然反抗。

歌羅德將手伸入背袋，拿出一個深藍色的絨布袋，「夏洛姆收納了各類種族，有些甚至彼此敵對。所以在這裡，某些規範和原則是必須確切遵守的。」

她拉開布袋，然後低吟了幾聲，一個個金色的小環自動飛出袋口，飄浮在空中。接著，她長指一彈，小金環自動飛向教室裡的每個人。

「這是契約之戒，上頭附有約束以及辨識咒語。只要待在學園裡，每個學員都得佩戴。愛戴哪隻指頭隨便你，指環會自動調成適當的大小。」

眾人聞言，紛紛接下指環套入手指。金色的細圈上，沒有任何裝飾和圖案，只有在外圍的部分有幾道粗細不一的刻痕。

福星將指環套在自己的左手小指上，期望這樣能達到防小人的功效。

咒語耶……真是太神奇了。希望他也能學會這麼炫的咒語，而不是只會扒人衣服。

「夏洛姆畢竟是學校，當然會重視學生的能力表現。從六年前開始，校內推行了積分制，只要在各方面有優秀表現，便可以換算成積分點，反之則會扣點。每個學期末會依照積點而給予賞罰。想知道自己累積多少點數，在每棟校舍和宿舍都有設立查詢處，只要把戒指上的刻文照一下，就可以知道。」

太方便了吧！「這也是咒語？」福星忍不住發問。

「不，只是條碼感應而已。這是本校的某位傑出校友在畢業前引進的人類科技，效果非常好。」歌羅德看著福星，勾起意味深長的笑容，「那位校友名叫賀芙清。你應該認識吧，賀福星。」

什麼！是老姐！「呃，我認識。」

一時間，眾人的目光集中到了他身上。福星一邊搔頭，一邊向對方一一回以傻笑。

「夏洛姆成立的理由，雖是為了讓特殊生命體融入人類社會，但是，更重要的一點則是……」歌羅德停頓了片刻，嚴肅地開口：「要讓數量稀少的特殊生命體，從淨化者——也就是俗稱的白三角——從他們的獵殺中存活。」

賀福星愣了愣，雖然他對白三角、淨化者這名詞感到陌生，但是，從歌羅德的話語可以推斷，這些人應該是特殊生命體的死對頭。

獵殺？有這麼嚴重嗎？印象中家裡的人都過得很悠閒，完全沒有「被獵中」的緊張感，大概歐美地區比較流行吧，歷史上的魔女獵殺也都是在歐洲。

「因此，為了磨練新人，從下個星期一開始，到十月三十一日萬聖節那一日，這段期間將會對新生進行不定期、不定次數的試驗。」歌羅德悠悠然地開口，接著，揚起一抹不懷好意的笑容，「這個活動有另一個名稱，叫作『狩獵新生』。」

班上學生先是愣愣了一秒，接著，開始傳來不安的低語聲。

「這一個半月期間，校內的每個教師和學生，只要持有校方核准令的人都可以向新生下達任務，新生必須在規定的期限內完成任務，否則會受到對等的處罰。別擔心，任務不會太難，把它當成打雜看待就行了。」

「所以說，這個活動到萬聖節那一天就會完全結束？」一名學生發問。

「嗯哼，基本上是這樣。因為萬聖節那天，會有一個更大的『遊戲』等著新生。」

「遊戲？」

歌羅德揚起嘴角，「既然是萬聖節，當然就要應景地辦個試膽大會囉。」

「試膽大會？」要狼人、闇血族、妖精參加試膽大會？「是要嚇人還是被人嚇？」

「都有。不過，不只是嚇人而已，夏洛姆的試膽大會辦得更『有趣』一些。」

歌羅德站起身，走向黑板。

「一個班分成兩組，守備組和執行組，活動進行當天，守備組留下操控關卡，執行組則是進行闖關。每個班都得自己布置關卡，關卡除了嚇人之外，還得想辦法拖延對手行進的時間，適度的武力是被允許的。這個測驗類似入學後一個半月的學習總評，巫咒、異能力、還有人類社會學，這些課程所教的內容，必須應用到關卡裡，列入評分。」

歌羅德在黑板上寫了幾個關鍵字後，繼續說明。「關卡是班上同學一同設計製作，越有創意，分數越高，呈現的方式和主題不限。」

歌羅德在黑板上寫下要點。「至於跑關的執行組，在經過別班的關卡時，並不用表現出你們的勇氣，而是要對其他班所設下的『驚嚇物』做出合乎人類的反應。」

「合乎人類的反應？」

「試膽大會不是真的要試你們的膽量，而是要測驗你們的反應像不像個普通人類，你們必須『被嚇到』。一路上都設有監視器，執行組的反應是評分項目之一，演技越逼真，分數越高，分數最高的班級會有獎勵。」

「既然叫遊戲，幹嘛評分啊。」一名金髮少女不悅地抱怨。

「遊戲只是比喻。本質上這個活動也是測驗的一部分。」

賀福星點點頭，一副了然於心的表情。他知道這是什麼狀況。以前在臺灣，老師也常搞這種把戲，說是什麼快樂學習、多元評量，然後搞一堆什麼話劇表演或是分組競賽。把殘酷的分數評比包裝在華麗俏皮的糖衣底下，以為這樣真的能減輕學生的壓力。

話說，這股風氣在數年前吹到了夏洛姆，學生的反應不是很熱烈，倒是生活苦悶的教職人員藉機得到了不少消遣。每年的這個時候，對夏洛姆的教師來說，彷彿是慶典一樣，每天都有鬧不玩的笑話可看。

當然，這點學生是不會知道的。

「活動路線是由學園裡最南端的圖書館區開始，通過主道，抵達最北端的禁忌之塔前。各班的負責區塊會在前一週公布。」歌羅德將粉筆丟回粉筆溝，回頭望向學生。「就這樣。有問題嗎？」

教室裡靜默無聲，一片寧靜。並不是沒問題，而是問題太大，反而不知道要怎麼問。

「那麼，接下來選班代。有人想自願或是想推薦人選嗎？我們來投票表決吧？」

回應她的，是一片沉靜。

「都沒有嗎？很好。老實說，我也不喜歡來這套，在我眼裡，所謂的民主，只是大家有志一同地陷害某個倒楣鬼而已。」

嗯嗯，說得沒錯。福星再度點頭，心裡應和。

歌羅德輕笑著，目光在教室裡打轉，物色那即將接下職務的倒楣鬼。

福星看到她的目光掃向布拉德，還有剛才的黑髮男子，忍不住在心底竊喜。

噢喔，看來，壞孩子要被處罰了。希望這次能讓他們學個乖，別再亂惹事——

「剛才在奈德教授的課闖禍的人，是．誰．呢？」歌羅德用唱歌般的語調，一個字一個字地吐出問句。

福星的身子猛然一僵。

下一刻，全班的目光，再度集中到他身上。

「噢噢，原來是你啊。」歌羅德緩緩地走向福星，伸出手，拍了拍他的臉頰，「哎呀，看起來這麼瘦弱無辜，沒想到口味這麼重，連老奈德都不放過呀。」

「那是意外……」他對中年男子並沒有任何的欲圖！

「就算是意外，能造成這麼大的混亂也是很了不起吶。」歌羅德繼續笑著說道：「總之，你來當班代吧。」

「但是我不——」

歌羅德美眸一瞇，有如女王般森然低語：「忤逆我？」

賀福星倒抽了一口氣，唯唯諾諾地開口：「不敢……」

女王御令，反抗者死。

就這樣，拍板定案。

週五的班級時間結束後，賀福星回到了宿舍。

硬是接下了班代的職務，雖然感覺自己被趕鴨子上架，但是卻又有點興奮。

福星進入嵌著305門牌的房間。

房門打開後，面對的是客廳，相當寬敞，以木桌和四張歐式宮廷椅組成。客廳的一隅有道通往浴室的門。在房間的更內側，左右兩側的牆邊各放了一組床具，一張書桌，以及嵌在牆面上的收納櫃。

兩張床的中央有道牆隔開，便成了兩間小臥室。雖然從客廳的位置可以看清楚房裡的所有狀態，但這道牆還是營造出了一點個人的隱私空間。

他來的時候，寢室裡只有他一個人。他喜歡一大早在陽光的照耀下醒來的感覺，於是他選擇了靠窗的床位。

一點也不像蝙蝠精，對吧。

在走向床位時，福星發現房間裡有些變動。位於裡側的床區，此時堆了三、四個行李箱在角落，書桌上散亂放著些書本和文件。

他的室友搬進來了？

福星興奮地站在床區外側，朝裡頭探頭探腦。

人不在……嗯，大概是去吃晚餐了吧。

啊啊，真好奇對方是什麼樣的人！他從來沒有和外人住過呢！

抱著對室友的無限幻想，福星開心地趴在自己的床上，翻著新拿到的課本，等待對方出現。

不過，那一晚他依舊獨自入眠。接連的兩天假期，也是一個人在寢室裡度過。

究竟那個神祕的室友是跑去哪裡、做什麼事了呢？

福星躺在床上沉思著，但是不得其解。

快點回來吧，他好無聊喔……

夏洛姆的課程是自由選修制，除了和特殊生命體有關的課程為必修之外，其他學科全都是選修。

福星週一的課程是早上十點開始。一般學科，特別是非藝能課的選修人數都很少，不會超過三十個人。出於種族特性，白晝時，學園裡活動的人不多，校園裡相當冷清，然而到了傍晚的必修課時間，整個學校就開始熱鬧了起來。

「異能力概論與實作」的教室相當寬敞，有兩個籃球場大，裡頭空蕩蕩的沒有任何擺設，只有沿著牆邊排著的長椅，還有兩個活動式黑板。

福星到達時，裡頭已聚集了不少人，全都是「基礎巫咒」這堂課裡的臉孔。

「聽說這堂課的教授不好惹。」長著尖耳、擁有翠綠色眼眸的金髮少年，對著福星低語。

「真的喔？」福星低聲回應。

金髮少年是同班的精靈，翡翠，和福星一同修了中級數學。那時，翡翠背著沉重的袋子，一進入教室之後就打開包包，向教室裡的每個人兜售物品。

「要不要精靈聖地來的靈石？」翡翠拿著一顆黑黝黝的石頭，一臉諂媚地對著福星開口：「不然，來撮山豬毛如何？還是要松鼠前牙或鹿角？放心，這都是自然死體剝取下的，不用擔心會有祟毒附在上面。」

福星望著對方，愣了愣。

翡翠擁有著清麗脫俗的氣息，以及精緻的五官，但是行為卻像是站在小學門口向小學生推銷蠶寶寶和染色小白鼠的中年大叔。

「靈石是做什麼的？」福星好奇地看著那顆石頭。

「靈石帶有聖地的靈氣，對身體有幫助。」

「真的喔？」

「我是這麼認為的。」翡翠理所當然地回答。

自由心證不可以這樣亂用吧！「感覺一點都不可靠耶……」

「但是，這真的不是普通的石頭，族裡的長老說過，聖地裡的每一樣東西都會沾上靈氣，戴著多少會對自己有好處。」

「是喔。」就像開運水晶和平安燈一樣吧，擁有似是而非的功效，純粹只是戴心安而已。「一個多少錢啊？」

「一歐元。」

「呃，我還沒拿到學校發的獎學金，現在身上只有臺幣。」

「沒關係。」翡翠勾起嘴角，相當流暢的從口袋中抽出 iPhone，按了幾下，「歐元兌臺幣目前的匯率是一比四十二點八四，你要買的話，算你四十二元臺幣。」

「哇，真專業！」福星嘆為觀止地看著翡翠手上的 iPhone，「這支很貴吧！」

翡翠挑了挑眉，「一百九十九美元。用了七個月，你要買的話打八折賣你。」他停頓一下，「附送一顆靈石。」

「呃，不了。」好寒酸的贈品，就像買汽車送汽車芳香劑一樣，一點誠意都沒有。「我買一顆靈石就好。」

雖然這顆石頭看起來很普通，但是既然精靈長老都掛保證說有靈氣了，買一個也無妨。

福星拿出烙著詭異磁紋的錢包（順帶一提，這是電視購物買來的「紅外線磁石紓壓錢包」，據說塞在腰部附近的口袋裡具有提升腎功能的效果），掏出四十二元遞給翡翠。

「謝謝惠顧。」翡翠笑著收下錢，然後豪邁地把石頭放在福星面前，「現在它是你的了。」

福星愣了愣，「你就這樣賣喔？」太混了吧！

「是啊，有什麼不對。」

「怎麼沒有包裝，好歹也綁個緞帶增添喜氣吧。」

「幹嘛這麼麻煩？」

福星盯著翡翠，狐疑地開口：「你目前賣出多少東西了？」

「嗯，老實說，你是第一個客人。夏洛姆的學生比較小氣，網拍上那些人類買家付錢就爽快多了，雖然有幾個小人在事後要求退貨的……」翡翠輕咒了聲，似乎是精靈語特有的髒話。

「果然……」

翡翠挑眉，「你有什麼意見？」

「我覺得你應該要包裝一下你的商品，弄些噱頭吸引客人。」福星回想著之前看電視購物還有逛賣場的經驗，「最好是要附點贈品和優惠，配上一些口號和標語，比方說買靈石送零食之類的。」福星搔了搔頭，「這樣應該會比較好賣啦。」

「你好像很了解嘛。」翡翠收起石頭，坐在福星身旁，好奇地開口：「你似乎對人類的行銷手法很熟？」

「我過去十八年都住在人類社會裡。」比起深居山林的精靈，應該算是熟吧。

「是這樣啊……」

翡翠雖然一臉不以為然的表情，但不斷地提出問題，徵詢福星的意見，儼然把他當成行銷顧問。

過沒多久，翡翠故作沉思片刻，然後開口：「好吧，以後如果我開公司的話，或許會找你合作。」儼然一副主上恩賜的態度。

「謝謝你喔……」福星雖然對翡翠的企業沒興趣，但是卻對翡翠的舉止感到十分新奇。印象中的精靈全都是清高脫俗、不食人間煙火。相較之下，翡翠顯得太過世俗。不過，正因為世俗，所以好相處。

回到眼前。

上課鐘聲響起，「異能力概論與實作」的指導教授紛紛進入教室。前後總共來了六個，歌羅德和福星早上才認識的數學教授米諾絲都在裡頭。

穿著黑衣的亞裔男子走到中央，板著臉孔。他的頭髮梳得極整齊服貼，好像用了整罐髮蠟一樣，臉上戴著無框眼鏡，鏡下的單眼皮給人銳利如刀的感覺。他走入中央，用冷厲的目光掃了整間教室一眼，原本喧譁的聲音，隨著那嚴冷的目光一一沉靜。

「我是這堂課的主教授寒川，其他五位是輔助教授。客套話就免了，希望少受一點苦的話，就努力克服自己的無能吧。」

簡單嚴肅的開場白結束，隨即切入正課。

「今天的教學重點是形化，雖然諸位目前都維持著人形，但必須更熟練形化過程，在最快時間變化外形。就像這樣。」

話語方落，下一刻，寒川的背後岔出了兩道黑色的陰影，緩緩張開成一對烏黑的翅膀。

「哇！」不少學生發出驚呼。

寒川展了展翅，將翅膀收起，下一刻，兩道黑影縮回背部，消失在身後。

「剛才的是部分形化，並不是每個人都能做到。熟練形化能力在危及狀況時非常有利，不管是在逃跑或是攻擊上。另外，這也是練習控制自身能力最好的方式。」

根據寒川的說法，獸人具有獸化能力，是上古時期巫覡與自然神靈立約後的產物，狼人、豹人還有大部分美洲來的變形人屬於這一類。

精怪是具有靈力的野獸，經過修煉後具有變身為人形能力的種族。

妖靈是妖精和精靈族。

蛟人是蛇龍修煉而來，和原生就是半人半魚的人魚不一樣，屬精怪體系。

精魅則是沒經過上古盟約、修煉這類外在條件變化，在創生之始便具有特殊魔力，闇血族和其他介於傳說和神話裡的生物屬於此。精魅和妖靈的形成一樣，不過屬性和能力相差甚遠，所以分成兩類。

寒川講課的速度很快，福星抄寫的速度完全跟不上，乾脆拿出手機，直接錄音，然後安安穩穩地聽課。

科技始終來自惰性。呵呵呵。

寒川講解了共通的基本重點後，便依族類說明其能力來源和操作方法。臺下的學生則一邊聽一邊開始練習。

「可以找不同族類的人一同練習，如果你能看出對方的異能力，你就強過一個人，異族鬥爭時的死亡率也少一些。」寒川一邊開口，一邊瞪視著學生。

從寒川的語氣可得知，他顯然是把愛的教育當笑話看的那種人。

福星找了個角落，和翡翠一同練習。他照著寒川方才講授的重點，試著將注意力集中，在腦中回想人化前的原形。

然而，翡翠都第三次變出翅膀、並將髮色從淡金變成深棕色時，福星還是沒任何反應。

「老兄，你沒問題吧。」翡翠狐疑地盯著福星，「你真的是精怪嗎？」

「我上個月才知道自己是精怪，在那之前我以為自己是人類，從未變身過。」

「你在開玩笑吧？」

福星嘆了口氣，閉上眼，正準備再試一次時，有人拉了拉他的衣袖。

回過頭，只見一名有著深棕色頭髮的年輕男人站在他身後——更正，是「非常帥」的男人站在他身後。對方是同班的洛柯羅。

洛柯羅的臉上掛著笑容，薄唇微微勾起，深邃的深藍色雙眼嵌在雙眼皮下，給人一種不安於室的壞男孩氣息。

雖然福星沒去過夜店，但洛柯羅這傢伙給人一種常混夜店的感覺，是那種全場的女生都搶著要請他喝酒的狠角色。

「我是洛柯羅。」對方笑著開口，帶著磁性的嗓音非常好聽。

「喔，我是賀福星。有什麼事嗎？」

洛柯羅指了指他放在腳邊的包包，「那個，裡面有餅乾嗎？」

福星錯愕，「啊？」

這是歐州最流行的搭訕方式嗎？小姐，妳的包包裡有餅乾嗎？咱們一同共享如何？是這個意思嗎？

「糖果也行。」洛科羅的眼底充滿了期待。

雖然覺得莫名其妙，但福星還是認真地回答：「餅乾的話，我記得飛機上送的花生堅果還在袋子裡……」他蹲下身子，從最底層掏出那巴掌大的真空包，「可以嗎？」

「謝謝！」

「慢著！」翡翠擋在兩人之間，對著福星低語：「這要多少錢？」

「沒差啦，這是贈品。」

「不賺白不賺。」

「我沒窮到這種地步啦！」福星沒好氣地瞥了翡翠一眼，然後將東西遞給洛柯羅。

洛柯羅開心地接下，然後迫不及待地拆開，掏出花生吃了起來。

周遭的一些女生正在偷偷地朝這裡打量，眼睛裡閃爍著飢渴的光彩，不過，她們覬覦的東西並不是花生米。

福星詫異地盯著洛柯羅。那包連賀老爹都沒興趣的花生，洛柯羅卻吃得津津有味。

這傢伙大概餓了很久吧……說不定是從偏遠地區過來的窮苦人家小孩，為了來到夏洛姆就讀，家裡一整年小麥的收成，全都花在讓他來這裡的機票上；說不定那一家子的人正處於饑困當中，眼巴巴地等著洛柯羅寄獎學金回家貼補家用……

「那個，你是從哪裡來的呀？」出於善意，福星試著和他閒聊。翡翠則是在一旁唸唸有詞，對於福星免費饋贈洛柯羅東西感到不滿。

「愛爾蘭。」

「喔，我是從臺灣來的。你去過臺灣嗎？」

洛柯羅搖了搖頭，將包裝袋裡的最後一顆花生倒入掌中，依依不捨地盯了片刻，然後丟入嘴裡。

福星見狀，立即熱心開口：「還要嗎？我還有一些食物。」為了表示友好，他把背包裡的鱈魚香絲拿出來。

「這也是贈品嗎？」翡翠盯著福星質問。

「沒關係啦，別計較那麼多。」

「我開始後悔和你合作了。公司一定會被你敗光。」

「得了吧，你的公司目前只在你的腦子裡營業。」

洛柯羅接下，好奇地打量著包裝，「這是麵條嗎？」

「不是耶，不過裡頭應該摻了麵粉。」他幫洛柯羅拆開包裝，淡淡的魚香飄出。

洛柯羅新奇地抽了兩根，將前端含在嘴裡，淺嘗了一下味道，露出驚喜的表情，然後抓了一大把，塞到自己的嘴中。

那張不知道有多少女生垂涎欲滴的性感嘴唇，此時垂了一把米黃色的鱈魚香絲在外頭，感覺像是吐出紙條的碎紙機。

「好吃！謝謝，賀福星。」洛柯羅由衷地開口，笑得十分天真，和那俊魅的帥臉完全不搭。

「那，洛柯羅，你是哪一屬類的呀？」

「妖精。」

「喔？」他的腦中立即想起基礎巫咒課的漂亮少女，「你的透明翅膀收起來了？」

「現在……我……沒有。」洛柯羅含糊地回應，然後嚥下嘴裡的食物，「我的種族不同。」

「是喔。」

洛柯羅將包裝袋撐開，仰頭，把袋裡的殘渣倒入嘴裡，然後用手背抹了抹嘴，對著福星微笑。

「很好吃。謝謝。啊，對了！」洛柯羅像是想到什麼似的，將手伸進口袋裡，然後掏出幾顆瑞士糖，「這是我從餐廳帶出來的，分你一個。」

福星愣了愣，接下糖，「謝謝喔。」

和洛柯羅閒聊的這幾分鐘，他發現對方的外表和內在似乎呈現反比。

這傢伙如果上綜藝節目裡的「超親切型男」、「天然呆型男」主題單元的話，一定會騙倒所有人。

洛柯羅轉向翡翠，「也分你一個。綠色的好不好？」

翡翠微愣，「我沒有給你東西。」

「沒關係啊。」

翡翠遲疑了一下，正要接下糖時，陰冷的聲音從他們三人的身後響起。

「你們在做什麼？」

三人回頭，只見散發著肅殺氣息的黑色身影，昂然直立在後方。

「呃，寒川教授……」

寒川的眉頭皺起，嘴唇緊抿著，臉部的肌肉繃得死緊，「我很訝異，你們似乎覺得這堂課很悠閒？」

「噢，不是的——」福星和翡翠趕緊解釋。

「是這樣沒錯。只是你有點吵，如果能安靜一點就好了。」洛柯羅率直地回答，從外人的眼光看，儼然就是壞學生挑釁師長的畫面。

然而洛柯羅只是單純地敘述自己的感想罷了。

「洛柯羅！」啊啊啊！這小子在搞什麼啊！還以為他是乖小孩，沒想到是走叛逆路線的壞小子！

洛柯羅似乎完全沒發覺異樣，將臉靠近，直直地盯著臉色鐵青的寒川，「寒川，你的臉色很難看呢，在生氣嗎？」

「請加上教授兩字！」

「別生氣，生氣就不可愛了。」洛柯羅伸出手，摸了摸寒川的臉，「笑一個嘛，寒川。」

福星在心裡嘀咕著。寒川的臉，就算不生氣，也和可愛扯不上邊。

邪魅雅痞的型男，正在調戲冷臉大叔。

從旁人的眼光來看，這是一幅既曖昧又詭譎的畫面。而且，這畫面會令某些人感到虛冷盜汗，腸胃不適。

「洛柯羅，你別這樣……」翡翠無力地開口，彷彿吞了一整袋的靈石一般。「我不忍看……」

精靈對美麗的事物很敏感，眼前的畫面顯然不符合他的審美觀。

寒川瞪大了眼，蒼白的臉整個漲紅，當然，絕不是出於羞赧，畢竟從來沒有學生敢用這種態度對待他。

「你這無禮的──」

「啊，要不要吃糖果？」洛柯羅從口袋裡掏出另一顆瑞士糖，剝開，「吃完之後心情會變好唷！」

寒川沒有回應，而是伸起手，掌中聚集著螢綠色的光球。光球漸漸變大，下一刻，即將衝向洛柯羅。

「噹噹噹！」下課鐘聲響起，同一時間，酒紅色的高䠷身影閃入了對峙的兩人之間。

「下課囉，寒川教授。」歌羅德笑呵呵地開口，塗著豔紅指甲油的手順勢搭上寒川的手臂，壓下對方蓄勢待發的攻擊。

「這些學生冒犯了我。」寒川惱怒地低吼：「必須懲處！」

歌羅德挑眉，「冒犯寒川教授您?!」朱唇勾起，「呵，有這樣的勇氣，我覺得倒是值得嘉許。」

「你說什麼！」

「他們是我的學生，下一節是我的課，我必須掌握學生的學習狀況。有什麼問題之後再說吧。」

歌羅德朝福星等人使了個眼色，福星和翡翠趕緊拉著狀況外的洛柯羅離開現場。

猛烈巨大的叫罵聲從教室傳來。

「心胸這麼狹小，你全身上下還有哪裡是大的！」這是歌羅德高八度的嬌斥。

「閉嘴！你這低俗的死人妖！」這是寒川怒火中燒的咆哮。

人妖？

福星愣了愣，望向翡翠。對方只是聳了聳肩，露出了個「就是這樣」的無奈表情。

這真是……太不可思議了……

不知道為何，得知班導是男人的事，竟然比知道自己的同學不是人更令他震驚。

啊，他的價值觀開始錯亂了。

「洛柯羅你剛才實在太猛了。」回到宿舍的路上，福星心有餘悸地開口：「我還以為會被殺掉。」

「你這傢伙想死的話別拖人下水，要是出事的話，我一定會跟你索要醫療費。」翡翠信誓旦旦地開口：「不過，錢給我就好，傷口我自己治。」

被兩人夾在中央抱怨，洛柯羅卻一臉無辜，「我做錯什麼了嗎？」

福星和翡翠對看了一眼，「你剛才那樣對寒川講話就是錯誤！」

「哪裡錯了？」

「你不該說他吵。」

「你不該直呼他的名字。」

「最重要的是——」兩人同時開口，「你不該說他可愛！」

洛柯羅搔了搔頭，「問題是出在可愛這個詞？」

「呃，是這樣沒錯。」

「我明白了。」洛柯羅點頭，「我下次會改進。」

「還有，你的態度也要注意一下。」翡翠緊接著埋怨：「我不想看中年男子被調戲的畫面。不管你是出於個人癖好或是為了挑釁，請別再做出類似的舉動。」

「寒川不是中年男子呀。」洛柯羅笑著開口，「他很可愛的。」

福星微愣，看了翡翠一眼。兩人嘆了一口氣。

這應該是審美觀的不同所造成的吧。他開始幻想，洛柯羅之後結婚的對象會是什麼模樣……

畫面逐漸在腦中成形，穿著白西裝的洛柯羅帥氣逼人，修長的身軀旁，跟著一名披著白紗的身影，嬌羞地挽著洛柯羅的手。然而，白紗掀起的那一刻，露出的是寒川的萬年臭臉……

福星打了個寒顫，硬生生地把這不祥的畫面從腦中踢掉。

「算了，總之，下次面對寒川，態度收斂一點吧。」翡翠沒好氣地結束話題。

進入宿舍，三人步上階梯。

「福星，可以去你房間借用一下電腦嗎？我的 iPhone 沒電了。」翡翠邊走邊說：「我想請長老幫我寄一些布條過來。」

「我也要去！」洛柯羅接口。

「好啊，來啊。」反正他的寢室空蕩蕩的，最好多一點人來，炒熱一下氣氛。「你要布條做什麼？」

翡翠揚起嘴角，「包裝啊。用精靈長老長年加持過的布料來包裝靈石，感覺更有公信力吧！」

「長老加持過的布？那不是很珍貴？」

「不會。只是他用過的刷背巾而已。那個老傢伙節儉慣了，用舊的東西都捨不得丟，三千年下來，已經累積了好幾百條。」

「你這糟糕的奸商！」

走到了房間門口，福星放下背包，尋找鑰匙。

「怎麼不叫你室友開門？」

「我室友神出鬼沒的，我到現在都還沒見過他。」福星無奈地開口，「每天都一個人，很無聊呢。」

「福星的室友是誰啊？」

「不知道。」插入鑰匙，扭開門把，推開門扉，「希望是個好相處的人——呃！」

門打開的那一瞬間，福星愣愣。

室內燈火通明。華麗的客廳中，已有人坐在那兒姿態優雅地看著書。對方在門板開啟的同時，望向賀福星等人。

洛柯羅認出對方，立即笑著開口，「喔，是理昂。晚安啊。」

理昂沒有任何反應，只是冷冷地望著門口的三人，表情和班會時一模一樣——

理昂．夏格維斯，闇血族。班會時被賀福星得罪的黑髮男子。

SHALOM ACADEMY

Chapter03

暮色朦朦，宜，夜襲室友

SHALOM ACADEMY

福星尷尬地站在門邊，一時不知該做何反應。

這明明是他的房間，但他卻覺得自己像是個誤闖他人領域的冒失者，直覺地想要離開。

「喔，原來你的室友是理昂。」相較僵在門外的福星，洛柯羅的反應反而相當自適悠哉，大剌剌地走入房內，回過頭朝著門邊的兩人招手，「你們快進來啊。」

「嗯，我想，我還是回去充電好了。」翡翠爽朗一笑，拍了拍福星的肩，低語：「放心，靈石會保祐你平安的。」

「真的嗎？」福星不可置信地反問。

難道，這看似不起眼的靈石具有「召喚大長老」的隱藏功能？

「他攻擊你的話，你可以拿靈石砸他……」

「哇，好棒的功能喔！」這什麼爛東西！

翡翠聳了聳肩，露出個愛莫能助的表情，然後豪爽地掉頭就走。

真是太沒義氣了！

福星關上門，走入房間內側。

「晚安，理昂同學。」他客套地向對方打了聲招呼，不過，對方的目光卻始終停留在書本上，把福星的存在當成空氣。

福星稍微鬆了口氣。他對理昂沒有偏見，只是還沒想到要如何和對方相處，況且，之前才在班會時段得罪理昂，這使他對這位冷酷的同學有點卻步。

總之，現在不是建立友誼的好時機。還是先請洛柯羅離開再說——

當福星這麼想的時候，只見洛柯羅頎長的身影正悠哉地晃到理昂身邊。

「理昂，吃晚餐了嗎？」

「洛柯羅，我的床位在這邊，別去干擾人家！」福星趕緊開口。

他極度擔心洛柯羅那過分天然的舉動激怒理昂。根據《特殊生命體概論》記載，闇血族是以粗體外加紅色底線標注的危險族類之一，要是惹毛了對方，就算有一百顆靈石也救不了自己啦！

「不會干擾啦。」洛柯羅彎下腰，將頭湊到理昂頸邊，「你在看什麼書呢？」

「洛柯羅……」拜託，別再製造他的壓力了！

「想吃糖嗎？」洛柯羅掏出瑞士糖。

「洛柯羅！」

這傢伙的口袋是連接異次元空間嗎？哪來這麼多糖——不，這不是重點，重點是，他得趕快在理昂生氣前把洛柯羅弄出房間。

「福星，你在生氣嗎？」洛柯羅站起身，狐疑地開口。

「沒有！」他只是緊張。

不過令福星慶幸的是，洛柯羅離開了理昂身邊，朝他走來。

「福星，理昂人很好呢，很安靜，和他當室友真幸運。」

「嗯，是啊。」福星邊說邊偷瞄著理昂的反應。不過對方的表情始終冷漠，似乎沒有因為被稱讚而緩和。

洛柯羅走入福星的床區，悠哉地打量著裡頭的物品，「不過，理昂也很幸運呢。」

「沒有啦，洛柯羅。」福星不好意思地回應。

「是真的呀。」洛柯羅拿起福星放在床頭櫃上的哆啦A夢鬧鐘，一邊把玩，一邊開口，「福星的味道和人類一模一樣，理昂肚子餓的話可以直接抓來吸呢。哈哈哈！」他停頓了一下，「噢，當然，福星也是好人。」

「呃……呵呵……洛柯羅，別開玩笑了啦！」福星捏了把冷汗，故作輕鬆地乾笑了聲，轉移洛柯羅的注意。「噢，按下紅鈕的話，鬧鐘會發出音樂喔！」

這個話題很不妙。洛柯羅這多嘴的傢伙，如果理昂採用了洛柯羅的建議，把他當成備用糧食，那就糟了！

「真的喔？」洛柯羅按下鈕，刺耳的電子音樂隨之響起。當音樂停止時，出現的是尷尬的沉默。

「這個好！」洛柯羅似乎玩上癮，連按好幾次。一時間，輕快的音樂充斥在房間裡。

「呃噢，別再按了！」福星趕緊制止，「理昂在看書，別吵到人家……」邊說，邊小心翼翼地觀察理昂的反應。

然而，那冷漠的臉孔依然沒變，並沒有因為被干擾而暴怒。嘴唇緊緊地抿著，目光停留在書本上，彷彿有層無形的膜將他隔開，沉浸在屬於自己的世界裡。

福星略微訝異。

他原本以為理昂和布拉德一樣，都是火爆又衝動的恐怖分子。不過，理昂似乎不是那樣，比起莫名其妙來找碴的布拉德，理昂「溫馴」多了。

或許理昂只是長相凶狠而已，其實內心是個愛好和平喜歡小動物的陽光男孩呢！

洛柯羅在福星的床區東摸西摸了好一會兒，兩人不時地對話。對此，理昂仍是不做任何反應，靜靜地看著自己的書，這讓福星對自己的猜測又篤定了幾分，減緩不少對理昂的畏懼。

沒多久，洛柯羅在福星的床區玩膩了，便揚聲對著理昂開口：「理昂，我可以參觀你的床區嗎？」說著直接朝靠裡側的床區走去。

理昂抬眼，露出了個「敢去試試看」的眼神。

「洛柯羅，這樣不太好吧。理昂沒答應呢。」福星一邊說，一邊跟在洛柯羅身後走入理昂的床區，假裝要阻止對方，事實上是搭順風車。畢竟他對理昂也充滿好奇。

「他也沒有不答應啊。」

「你要這樣說也是可以啦……」福星回頭再看了理昂一眼，對方已將目光移回書本。

理昂的態度，倒也不是說慷慨開放，而是完全無所謂，彷彿福星和洛柯羅兩人根本不足以干擾到他、不足以讓他有任何反應，只是孤高地傲視著自己以外的他人。

理昂的東西不多，桌面上只放著上課發的教材和文具，沒有其他私人物品。洛柯羅繞了一圈之後，覺得無趣，便打開衣櫃。

木門開啟時，一陣閃光射來。兩人瞇起眼，然後緩緩睜開——原本是用來放置衣物的空間，竟被亮著銀色冷光的鋒利兵器給填滿。

洛柯羅把一整排衣櫃打開，四個櫃子裡，滿滿的都是武器。

福星忍不住驚嘆。這實在太壯觀了，完全超過琳琳的全套妙主婦刀具組。短刀、軍刀、長劍、騎士劍、矛斧，種類繁多，彷彿是個小型冷兵器展。

不知道這些兵器是用於收藏，還是有更實用的目的……

本以為洛柯羅會手賤地跑去亂摸亂搞，沒想到他只是看了一眼，然後興趣缺缺地關上門，跑向書桌。

呼，危機解除……

「理昂，你桌上這個亮晶晶的是什麼？」洛柯羅拿起立置在鋼製筆筒裡的扁長金屬。

福星看了眼，幫忙回答，「那是拆信刀啦。」

「但是很尖銳。」洛柯羅握著刀柄，往桌面戳了兩下，然後抬起頭，「耶！理昂，你書桌前的牆面上有一個洞耶。」

洛柯羅邊說邊把拆信刀朝著牆面上的橫溝戳了兩下，將刀尖往縫裡鑽，片刻放開手，拆信刀仍筆直地插在牆面。

「應該是以前的學生在牆上安裝東西留下來的吧。」

「喔。」洛柯羅壓下刀柄，然後忽然放開。出於反作用力，刀身像是彈簧一樣，上下彈動，發出「歪唷歪唷」的聲響。這令他感到有趣，玩上了癮，不斷重複動作。

「喂，這樣很危——」

福星警告的話語未落，尖端卡在縫中的拆信刀，因末端施力過重，在洛柯羅食指放開的瞬間，猛然彈飛，在空中劃過一道完美的弧線。

福星和洛柯羅像是觀賞流星的遊客一樣，呆呆地看著飛翔的金色小刀在空中閃爍著燦爛的光芒，然後——

朝理昂的方位落下。

「唰！」

拆信刀筆直地插在理昂手中的書本上，有如墓碑。差個幾吋，刀尖的落點將會是理昂的天靈蓋。

「噢噢噢，抱歉，它飛出去了。」洛柯羅小跑步奔向理昂，若無其事地拔起筆直站立的「書中劍」，「真危險，怎麼把這種東西隨便放在外面，應該要收好才行。」

語畢，小心翼翼地捧著拆信刀，走向衣櫃，畢恭畢敬地把它放在雙短劍的旁邊，然後關上櫃門。

「好了。」洛柯羅一副大功告成的表情。

福星站在原地，緊張地望向理昂。

始終置身事外、傲然孤立的理昂，雖然未發一語，但是，額角暴起的青筋，還有那聳起的眉毛，無一不透露著殺氣。

「理、理昂，你還好吧？」福星不安地詢問。

然後，他得到了理昂今天晚上第一個回應——

「滾……」

福星拖著洛柯羅離開現場，等到夜深時才回寢室。福星本想好好地向理昂道歉、澄清，不過，理昂已離開寢室，直到次日的清晨才回房休息。夜行的闇血族生活作息和福星完全不同，導致兩人幾乎沒有共同的時間。

星期三中午，福星接到了導師歌羅德的命令，要求他到禁忌之塔領取上課用的材料。

當班上只有班代這個職務時，代表的不是擁有次於導師的權力，而是得負責包辦所有的差役，地位和打雜小弟差不多。

福星拿著教授專用的公用便箋，從北區的教學大樓，穿越大半個校園，前往南區的禁忌之塔。

夏洛姆是由古堡改造而成，開學時新生集合的大廳位於主堡。主堡是整個城堡的中心點，從主堡放射出六條大理石大道，分別通往宿舍區、圖書館、教學大樓、專能教學大樓、牧場，以及禁忌之塔。

主堡內側的頂端，嵌著「巴別塔之磚」，這就是學園裡沒有語言障礙的原因。

巴別塔的故事被記載在聖經裡。在遠古時，人類擁有相同的語言，並住在同一地。當時的人打算興建一座直通天堂的高塔，因而激怒了神。神毀滅了高塔，混亂了人類的語言，並將人分散到世界各地。

夏洛姆的巴別塔之磚，據說是從那時留下的遺跡，磚石被神力觸碰過，因此具有魔力，能夠統合語言。

與異能力無關的知識學科是在一般教學大樓進行，像是數學、歷史、藝術等等；和特殊生命體有密切關連的學科，則是在專能教學大樓進行，包括異能力實作和基礎巫術。據說專能教學大樓設有特殊的防護咒語，讓互斥互抗的魔法能在同一空間裡使用，而不喪失效力。

和體能有關的戶外課程在牧場區進行。

至於禁閉之塔，則是位在學園最南端的鐘樓。校園簡介裡只寫著一行：一般學生禁止靠近。

非常簡潔的介紹，透露著吸引人的神祕感。如果是B級恐怖片裡的白目主角，必定會費盡心思在半夜裡潛入鐘塔，然後被擁有銳利牙齒和巨爪的生物或非生物撕成碎渣。

走到巨石大道的盡頭，禁忌之塔出現在眼前。筆直聳立的米白色尖頂高塔，彷彿刺穿天空的利刃。

福星步入塔中，一股肅然冷凝的氣息籠罩全身，有如「不安」的情緒被化為實體，緊貼著他的皮膚。好討厭的感覺……令人想拔腿就跑。

福星走向管理員，將便箋遞給對方。

蒼老的妖精瞇眼看了便箋片刻，「二十分鐘後，到後門的儲物室門口找我拿。」

「喔好！」接到指令，福星立即衝出大門，一刻都不想留在這個空間裡。

來到室外，福星深吸一口氣，沿著高塔外圍的花圃緩緩踱步，往另一側大門走去。

禁忌之塔的外緣和學園裡的其他地方一樣，種滿了花草樹木，給人舒適悅目的感覺。福星在園中漫步，沖淡方才在塔內感受到的壓力。

禁忌之塔是做什麼用的啊……蓋得那麼高，裡面到底裝了什麼，怎麼會有這麼強烈的壓迫感——

「喀！」腳尖踩到了不同於草地的硬物，福星低下頭，只見一顆排球大、類似黑曜石的圓球嵌在地面。

這是什麼？

福星蹲下身，打量著石頭。石頭的邊緣有兩圈古銅色的金屬圈著，感覺上像是土星一樣，只是一半沉在土裡。金屬圈上烙有細密的符文，部分符文被塵土覆蓋，看不清樣貌。

福星手賤摳了摳金屬圈的邊緣，想試試能否把這東西挖起。然而摳了半天，那物體卻紋絲不動。

埋得真深耶，到底是什麼？裝飾品嗎？但是會隨便埋在草坪裡，應該不是太重要的東西吧……

他像是著了魔一般，伸手撥掘著圓晶邊的金屬環，想把這整個異物從地面挖起。

事實上，若由高空俯瞰，除了福星所在之處，屬於禁忌之塔腹地的四個角落同樣埋著類似的晶球。五顆晶球相連，將構成一個以塔為中心點的五芒星。

再往遠處看，在禁忌之塔以北的各區大樓之間，各有一條以鵝卵石鋪成的白色小道，道路相連，構成另一個巨大的五芒星。然後，從主堡向南的大道，有如一支簇矢，射向南端的禁忌之塔。

「啊喔！」

施力不當，指尖從金屬的邊緣用力彈起，部分指甲剝離指頭。

「好痛！」

殷紅的血液滴落，打在圓晶中央。

「嗡！」看不見的波動在空氣中瞬間一震，速度之快、振幅之小，令人難以察覺。

福星把指頭含在口中，減輕痛楚。

痛死了啦！

話說回來，他挖這石頭幹嘛啊！又不是翡翠，想挖來賣錢！

「一C的班代！跑到哪裡鬼混了?!到底要不要拿東西啊！」管理員的吼聲從後門處響起。

「喔喔！來了！」福星趕緊起身，離開現場。

歌羅德要的材料裝在一個大布袋裡，相當沉重。福星扛在肩上，覺得自己好像工地裡的苦力。

「好重喔……」福星揹著布袋，吃力地走在路上。好不容易來到主堡附近，他覺得自己的腿快斷了。歌羅德這是在虐待童工啊！呃，不，以他的年齡已經不能稱為童了……

「哇，好像很重呢。」

低語聲忽地響起，福星抬頭，只見一名年齡看起來與他相當的少年，一臉笑意地坐在旁邊的草坪一隅，腿上放著一本打開的書。

少年擁有一頭黑髮，清秀的氣質給人感覺是東亞人，但是深邃的五官又帶點歐洲人的韻味。

「呃，你是誰？」

「你是誰？」對方不答反問。

「我是賀福星，一年級的新生。族類是精怪的蝙蝠精。」

少年揚起微笑，「我和你差不多。」他起身走向福星，「要不要休息一下，我幫你拿吧。」語畢，伸手扶向那口厚重的布袋。

「呃好……」福星喘了口氣，「謝謝喔！」

少年的身材雖然和福星差不多，但力氣卻很大。一肩接下那口布袋後，輕鬆地走向方才的座位，「來吧。」

福星跟上前，坐在對方身旁的草地上，「謝謝你喔。你也是精怪類？」

「不客氣。」少年笑了笑，走向福星身邊，然後坐下，「叫我悠猊就可以了。」

「悠猊……」好怪的名字。「你是哪個年級——」

「怎麼不用能力來搬呢？」悠猊打斷福星的問話，逕自開口。

能力，是指異能力吧？

「呃，這個嘛……」福星不好意思地搔了搔頭，「呃，我的狀況不太好，還在練習中……」

「你需要練習？」悠猊以一種訝異的口吻說著。

「我的程度有點落後，所以……嗯。」福星不打算繼續在這話題上打轉，「那你呢？你在這裡做什麼？等人嗎？」

「是呀。」悠猊笑咪咪地說著：「等你。」

「你認識我？」

「是的。」少年笑得相當燦爛，好像得到玩具的小孩，「你是菲利浦王子。」

「菲利浦王子？」那是什麼？

「《睡美人》裡解開詛咒、喚醒塔莉亞的王子呀。」

這傢伙有妄想症嗎？還是說這是所謂的美式幽默?!

「呃嗯，謝謝你的抬舉，不過我除了我媽以外沒有吻過任何人。哈哈哈。」福星尷尬地乾笑，故作爽朗。

「呵呵呵……但是，就如同小仙子的預言一樣——」少年跟著輕笑。忽地，臉色一凜，喑啞地操著福星未曾聽過的古老語言低語：「**你解開了那該死的詛咒。**」

少年的臉色驟變，雖然倏忽即逝，但散發出來的陰沉氣息，讓遲鈍的福星也本能地感到不安，「呃，怎、怎麼了嗎？」

「噢噢，沒事沒事。」少年咧起嘴，樂呵呵地笑著，「只是悶太久了，一時有點難以控制。」

福星狐疑地盯著悠猊一會兒，猜測對方可能是上過同一堂課的同學。

「那，找我有什麼事嗎？」悠猊的言行和他的名字一樣怪異。不過，特殊生命體的言行舉止本來就異於人類，回想起初識洛柯羅時的狀況，悠猊的態度還算正常。

「來看你。」悠猊繼續笑著，他的笑容給人心情放鬆的感覺。「你很特別。」

「我並不特別啦……」面對這樣的表白，福星十分不好意思，「那麼悠猊你——」

「說到異能力，」悠猊打斷福星的話：「概論還是寒川那個老屁臉在教？」

悠猊的對話前後沒有連貫，福星本來想追問他話中的含意，但一聽見對方對寒川的稱呼，忍不住噴笑，「是寒川沒錯。」

「你還修了誰的課？」

福星把自己選修的課程一一報出。悠猊像是修過所有的課一般，對每個教授總是能說出一、兩句評語。

「教數學的米諾絲是牛頭人，課堂上你要是答不出問題的話，她會很不高興。」

「是喔！那葛雷呢？」

「他是精靈，順帶一提，他曾經當過神父。」

「真的假的?!」

悠猊知道很多事。福星猜測對方應該是學長，但悠猊始終沒說出自己是哪一年級的。

「和你聊天很開心。」在下午的課快開始時，福星依依不捨地向悠猊道別。

「抱歉，我還有點事，沒辦法幫你把東西扛到校舍。」悠猊一臉歉意地開口。

「沒關係。」福星笑了笑，「你住哪一間寢室?我要怎樣才能找到你？」

「我能出來的時間不多……」一直帶著笑容的悠猊，此時露出些微的苦惱。「不過，有機會的話，我會去找你的。」

一週轉眼過去，又迎來週五的異能力實作課程。因為上次上課得罪寒川的緣故，所以課堂上，福星一直感覺到寒川惱怒嫌惡的目光直往他們射來。

幸好有歌羅德在，讓寒川雖然不滿，卻也無法公然報復。不過，一整堂課如芒刺在背的感覺，也不怎麼好受，下課鐘一響，福星一夥人立即以最快速度奔離教室。

然而，才一出教室，就被四、五個穿著高年級制服的學姐給攔下。

「賀福星是嗎？」紮著馬尾、擁有深褐色眼眸的少女，一手扠腰、挺著傲人的胸部，略微輕慢地對著福星。

「是，是的。」福星戰戰兢兢地回應。

「我是二年級的露妮雅，族類是精怪，夜鶯。」露妮雅撥了下長髮，這個動作讓原本就開得很低的衣領敞開了幾分。

福星嚥了口口水，將目光不太自然地移到露妮雅的臉上，不去注意那令他分心的部位，「請問學姐找我有什麼事？」

下課後在教室外等他，難道這就是傳說中的告白?!噢噢噢！天啊！他好興奮！怎麼辦！第一次約會的地點去公園會不會太老派？

「你住305對吧？」

「呃，是的！」怎麼一下子就進入有關房間的話題！天啊，他還沒準備好！心理和生理都是！西式作風對他這東方宅男而言太過辛辣。他該上網下載幾部美式愛情動作片來參考一下嗎?!啊呀啊呀！福星！太低級了！

「你和理昂．夏格維斯同寢？」

「呃，是的！」這、這！竟然連室友都不放過！夭壽哦！他感覺到全身的血液正猛烈地往某個部位集中——他的臉，燒得像是機車的排煙管一樣！

「那麼，接下試煉吧。」

語畢，她身後的短髮少女遞上了一只羊皮紙卷。露妮雅抽下繫著的藍絲帶，將紙攤在福星面前，紙上印著淡藍色的浮水印，是三道弧線構成的三角形，三個邊朝著同一個方向延伸，看起來有點像電風扇。紙面布滿密密麻麻的花體字，底下的部分有著露妮雅的簽名。

「這是？」

翡翠輕嘆了聲，「是新生測試的核准令。」

「啥?!」原來不是告白喔！

露妮雅勾起嘴角，朗聲開口：「二D露妮雅，要求一C賀福星拍下理昂．夏格維斯睡顏照三張以上，限期五天。接下核准令。」

「啥啊！」這是什麼爛任務！這種事理昂一定不會答應的！

「不接嗎？」露妮雅瞇起眼，瞪著福星。

「勸你別這麼做，逃避任務的懲處不是鬧著玩的。」翡翠低聲警告，「在夏洛姆，違抗上級是嚴重的事。」

「別擔心，我們可以幫你呀，福星！」洛柯羅燦笑著開口。

福星看了看翡翠和洛柯羅，又看了看盛氣凌人的學姐團，無奈地長嘆了一聲。

沒辦法。只好暗著來了……如果被理昂發現的話，他的下場不知道會怎麼樣。

想到那滿櫃的兵器，福星背脊一陣發寒。

他伸出手，接下那張紙，當露妮雅放開紙張的那一刻，八開大小的羊皮竄起了一陣淡藍色的光點，然後瞬間消失。福星的手停在空中，呆愣地看著眼前的變化。他發現自己的掌中多了個淡淡的紋路，正是牛皮紙上浮水印的形狀。

「好了，任務授與完成。」露妮雅笑了笑，「祝你好運。」語畢，傲然轉身，領著伙伴離去。

「福星有相機嗎？」

「有……」他的手機有六百萬畫素的照相功能。不過，是日本機，拍照時會發出討厭的聲響。

翡翠笑著開口：「感覺是個運氣成分居多的測驗。」

「你倒是笑得很開心嘛。」

「乾燥安眠草，焚燒後會散發讓人沉睡的香氣。」翡翠挑了挑眉，勾起嘴角，「五歐元，親友價打六折，算你三元就好。獎助學金發了對吧。」

「奸商！」福星瞪了翡翠一眼，「我買了！」

「謝謝惠顧。」

「沒效的話你就遭殃了！」

「沒效的話，你會比我先遭殃。嗯，或者用『罹難』會比較恰當吧。」翡翠呵呵輕笑，

「不過你放心。我的商品有品質保證的。」

希望如此。

接到測驗後，福心的心思一直掛在上頭，食不知味地吃完晚餐後，便回到寢室，思考著對策。不過怎麼想都想不到最有效、最萬無一失的方法。

這本身是個單純的任務，沒有太多複雜的手續，運氣是影響成功與否的主要關鍵。

夜晚，理昂照例不在寢室，這給了福星不少的準備時間。他把翡翠給他的藥草放到一個鐵碗裡，然後用枕頭套做成一個厚厚的克難口罩，戴上後便躺在床上，靜靜地等待著他的「獵物」歸來。

真刺激啊，他好像變成吸血鬼獵人一樣！不過他的武器不是十字架和木樁，而是用了一年半的手機和四根六歐元的枯草。

大約凌晨四點時，房間的大門開啟，理昂從外頭歸來。福星窩在棉被裡，警戒地聽著房裡的聲音。

理昂先是走進房間，接著移動到浴室，片刻，水流聲響起。大約過了三十分鐘後，梳洗完畢的理昂回到自己的床區。

福星靜靜地等著，不敢妄動，直到耀眼的日光將房間填滿時，他才下床，帶著工具，躡手躡腳地移動到客廳。

福星蒙上口罩，將安眠草點燃，放在理昂床區門口片刻，讓煙霧有時間擴散揮發。當藥草燒成灰燼，煙霧散去時，他摘下口罩，將客廳的燈打開，讓光線照入理昂的房中，以方便照相。

雖然翡翠再三向他保證，吸入安眠草後，即使他在房裡唱歌劇理昂也不會醒。不過他並不想用肉身去測試商品的功效極限。

床上有個隆起，被子下蓋著的就是他的目標，理昂。

「理昂？」福星走向床邊，試探性地輕喚一聲。理昂仍安穩地維持在睡眠狀態。

很好，就是這樣，等他拍完照就可以走人了！

不過，眼前遇到一個問題。理昂的睡姿是面向牆側睡，從福星的位置，無法站在床邊直接拍到臉部。福星繞了床一圈，試圖找出拍攝的角度，卻只是徒然。

沒辦法了。他嘆了口氣，走到理昂肩膀附近的位置，將一隻膝蓋跨上了床沿，身子向前傾，手抵著牆支撐自己。

很、很好，就這樣。福星戰戰兢兢地將手機伸向理昂。

理昂平時肅殺冷傲的臉孔，在睡著之後緩和了不少。他雖然長得出色，但平時總是凜著一張臉，讓人不敢直視太久。

福星按下拍攝鍵，發出了陣清脆的喀嚓聲。

就在同時，那合上的眼眸忽地張開，和福星四目相接。

福星倒抽了一口氣，驚慌之下，手機落下，掉到理昂的枕頭邊。

慘了！死定了！

正準備逃跑時，他的手被一股力道握住，向下一拉，在一陣天旋地轉之後，福星發現，自己置身理昂的被窩之中。

這、這是怎麼回事?!

「理、理昂？」

「呵呵呵……又來搗蛋了?妳這個頑皮鬼……」理昂垂著眼眸，溫柔低吟。

又？

「呃不，我這是第一次……」不管哪方面都是第一次！可以的話，他真的不想有某方面的初體驗！

理昂閉上眼，一手搭上福星的腰，將他擁入自己懷中，「晚上再一起出去吧。」

「呃喔！」什麼！不只現在，連晚上也要？

福星不安地扭動著身體。雖然他一直很想和理昂建立更深入的友誼，但並不想要「深入」到這種地步！

理昂皺了皺眉，「莉雅，再睡一會兒就好，別亂動……」

福星愣了愣，「理、理昂？」

「莉雅，乖……晚上再陪妳去圖書館……」理昂斷斷續續地說著，「再讓我睡一下就好……」

這下福星了解狀況了。理昂沒有醒，而是睡迷糊了，正在說夢話。

不過，莉雅是誰呀……是理昂的女朋友嗎？還是親人？沒想到理昂也會有這麼溫柔的一面……

福星僵直著身子，不敢亂動。等到理昂再度沉睡時，他抓起枕頭邊的手機，在極近的距離下，按了拍攝鍵。

「喀嚓。」

這回，理昂沒有醒來，安穩地沉浸在夢鄉之中。

福星連拍了好幾張照片之後，像隻蠕蟲一樣，一點一點地向下蠕動，脫離理昂的懷抱，從床尾處離開。

大功告成！

傍晚時分，福星在洛柯羅、翡翠，還有珠月的陪同下，坐在女生宿舍的交誼廳，和露妮雅會面。

「吶！這是妳要的照片！」福星將列印出來的照片遞給露妮雅。

「唷，很快嘛！」露妮雅接下照片，熱絡地和伙伴分享討論，「不錯嘛！竟然拍到那麼近的特寫！呵呵呵，幹得好！我還以為你會搞砸呢。」

「我要加洗一份！」一旁的女生開口。

「我也要！三吋和五吋各三張！」

看這四、五個學姐興奮地對著理昂的睡顏發出驚叫，福星忍不住開口：「請問，妳們要我拍照的目的，是要測試我當間諜的能力嗎？」

「不是，」露妮雅看著照片：「只是單純想要收集英俊學弟的照片而已。」

這個答案令福星既驚又怒，「怎麼這樣！歌羅德說新生測驗就是狩獵新生，我還以為會很嚴肅的說！」沒想到卻只是滿足學姐私欲的打雜小弟罷了！

「那是唬你們的。沒人用那個名詞，新生測驗的真正別稱是愚弄新生啦！」灰色短髮女子說完，和身邊的人笑成一團。

「當然，也不是每個試煉都這麼輕鬆。」露妮雅接著開口：「我那屆有個同學就被命令在一星期之內召喚出魔獸呢。」

「噢，有人是和寒川決鬥。」另一個女生跟著搭腔。沒多久，一群女生再度陷入三姑六婆的狀態。

「我們可以走了嗎？」覺得自己被耍的福星悶悶地開口。

「噢，可以啊。」露妮雅放下照片，清了清喉嚨，「試煉達成。」

話語方落，福星覺得自己的手心傳來一陣涼意。打開手掌，藍色的紋路已經消失。

在前往餐廳的路上，滿肚子不平的福星忍不住抱怨。

「這種試煉有什麼意義。我本來以為會藉此學到很多東西的，結果只是被人耍著玩……」什麼叫愚弄新生！簡直把別人當笨蛋！

「你想要有意義的試煉也行啊。」翡翠淡淡地開口，語氣間帶著點莫可奈何的感覺。

「現在有機會了。」

「什麼意思？」

翡翠打開掌心，上頭浮著淡藍色旋風螺紋的令印。

「噢，翡翠也接到試煉啦。」洛柯羅笑著開口，「這次要拍誰的照片呢？還是又要吻誰或抱誰三十秒了呢？」

「又不是每個人都想要照片——慢著，洛柯羅，你說吻誰三十秒是什麼意思！」福星追問。

「那是我的任務啊。」

「洛柯羅在女宿很受歡迎呢，」珠月淺笑著解釋，「有好幾個學姐丟出的試煉就是要求洛柯羅擁抱三十秒，或是親吻三十秒。聽說申請這類試煉的人數太多，校方到後來還拒發核准令呢。」

「什麼！」好樣的洛柯羅！竟然靠著外貌騙吃騙喝！這個世界實在太不公平了！

「翡翠的任務是什麼？」珠月轉回正題。

「拔取雪狐的尾毛三根，對象限新生，三日內完成。」翡翠苦笑，「精怪平時是不會變成原形的，而且，尾巴是狐精的妖力之源，他們十分保護，夠有挑戰性吧。」

「放心，我們會幫你。」福星加了一句，「免費的喔。」

「謝謝喔。」翡翠沒好氣地輕笑。

「狐精的話，我記得班上的紅葉是狐精。」珠月偏頭想了想，「她洗澡的時候會化出尾巴來，特別梳洗一番。」

她揚起鼓勵的笑容，「你很幸運，女生宿舍有公用浴池，紅葉很喜歡去那裡泡澡。我經常在池裡遇到她。」

翡翠挑眉，「幸運的點在哪裡？」

「你可以潛入女子浴池，偷拔她後面的毛……」

「聽起來很猥褻，可以不要用這種說法嗎？」

珠月不以為意地笑了笑，「潛入女子浴室可不是件容易的事。但是一旦順利潛入，接下來也沒什麼難的了。有需要我提供什麼資訊或協助，儘管開口，我會盡力幫忙的。」

「謝了。」

「不客氣。」珠月輕笑，跟在福星的後方，柔柔地細聲低語，「這次協助你們潛入女子浴池，下回我想潛入男子浴池時，也請你們多多關照了……」

「珠月，妳剛剛說什麼？」他怎麼好像聽到驚人的發言。

珠月沒有回應，只是揚起嘴角，露出聖母般溫暖的笑容。

Chapter04

月光朗朗，忌，澡堂偷香

夜晚，十點至十二點左右，此時是夜間課程的中場休息時間，近似於白晝的午休。

女生宿舍是H形建築，澡堂、洗衣間及大部分的公用設備位於中央的橫排大樓裡。

臨著樹林，磚牆上三公尺處的氣窗，徐徐吐出白色的溫暖煙霧，間或帶著淡淡的肥皂香，那是多少男人夢想中粉紅仙境的香氣。

高牆下，造景的矮樹叢裡，三道人影鬼鬼祟祟地藏在夜色之中。

「嗶嗶。」手機傳來短促的簡訊聲。

翡翠望了一眼，低語：「是珠月傳來的，她說紅葉已經進澡堂了。」

「那麼，」福星嚥口口水，「包括脫衣服什麼的，大概五分鐘後會到浴池附近吧。」

這是他第一次偷窺女子浴室，他感覺到心臟不自然地快速跳動，手心盜汗。

「是的，差不多要動身了。」翡翠掏出一個陶罐，打開，望了裡頭片刻，嘆了一口氣，然後萬分不捨地將粉末倒進掌心，灑在福星的身上。「這很貴呢……」

「還不是為了要幫你！」福星沒好氣地開口，「你這隱身粉末有效嗎？」

「當然。而且還有基礎防水功能，除非你用大量的水沖刷，否則不會現形的。」

「是喔。那為什麼我看得到你？」

「隱身粉末對同是使用者無效。所以我們不用擔心看不見對方而產生麻煩。」

「是喔。」看翡翠一臉惋惜的表情，看來這東西應該假不了。

「喂，我說啊。」洛柯羅站在一旁，狐疑地開口：「我們不是要進去浴室嗎？為什麼要待在這裡？」

「躍過那道氣窗，裡頭就是女子浴池。」

「我知道。」洛柯羅搔了搔頭，「為什麼要這麼麻煩？直接進去不就好了？」

「哪能這樣進去！」翡翠將粉末灑在洛柯羅身上。「我是不知道平常是不是有女生邀請大帥哥洛柯羅一同進去共浴，但是我們這次的行動目的不同。」

「洛柯羅，真的有人約你嗎？」福星緊張地追問。

洛柯羅揚起嘴角，「雖然有，但是我不用人約也可以進去。」

「你是在炫耀嗎！」

「小聲點。」翡翠低斥，「我們時間不多，爬上氣窗，進入澡堂，找到紅葉，拔毛，走人。就這樣，動作快。」

「我第一次爬牆咧！」洛柯羅興致勃勃地笑著，輕誦了一聲咒語，輕輕一蹬，就躍上了氣窗旁的平臺上。

福星沒那本事，只能抓著牆上的突起，沿著水管笨拙地往上攀爬。

洛柯羅伸出手拉住福星，協助他登牆，用力施勁，努力地將福星往上拉。

「這裡很窄，等一下我們先進去喔。」洛柯羅邊拉著福星，邊對著下方的翡翠開口。

「好。」

「紅葉的尾巴是紅色的對吧？和頭髮的顏色一樣嗎？」

「對，是紅棕色，像火燄一樣的……呃！」翡翠赫然想起一件重要的事。

紅葉是狐精，火屬性的炎狐——但他的任務要的是雪狐尾毛啊！

「等等！先別進去！快下來！」

「啥？」福星好不容易攀至上方，正要和洛柯羅跨入澡堂時，突然捲起一陣不自然的狂風，將他們拉入浴室。

「啊啊啊——」兩人直直摔落，幸好，底下是水池，並沒有造成損傷。

不過，水流沖去了粉末，入侵者頓時無所遁形！

「啊啊！」、「有人偷跑進來！」、「是男生！」

驚叫聲響起，緊接著是一連串東西砸落的聲音。勺子、肥皂、瓶瓶罐罐的洗潔精像是隕石般從天砸下，打得人鼻青臉腫。

「糟、糟了！快走！」福星忍著疼痛，水花和泡沫弄得他睜不開眼，他趕緊抓住身旁的洛柯羅，打算硬著頭皮衝出重圍。

洛柯羅的手腕比他想像中來得細，福星無暇多想，只想趕快離開這尖叫和落石構成的地獄。

然而，方才那道詭異的狂風再度捲起，風壓散發著銀灰色的薄霧，圍繞著入侵的兩人，有如漩渦飆轉。下一刻，兩道人影消失在旋風的中心。

同一時間，職員宿舍區。

歌羅德優雅地閒坐在木屋的火爐前，小心翼翼地塗著腳趾甲油。火爐上方放置著一個三角金屬架，支撐著一顆晶透的球體，色彩斑斕，光影有如流水般在球面流轉。

「錚。」圓球發出清脆的聲音。粉紅色的光點閃爍了兩下之後消失。

歌羅德勾起嘴角。

哎呀呀，年輕人真是精力旺盛……

今天是哪個倒楣鬼要造訪寒川的祕密花園了呢？

「砰！唰！」第二次墜落，溫熱水流再度包圍兩人。

經過一連串的攻擊、旋轉，福星和洛柯羅只覺得暈頭轉向，兩眼昏花。

現、現在是什麼狀況？

「這是在搞什麼鬼！」咆哮聲再度貫穿兩人的耳膜。然而，這次只有一個聲音，而且是男人的低音。難道他們來到男子浴池了？

福星勉強從水中坐起，揉掉眼中的水，周遭的景象投入眼中。

是浴室，但是比澡堂小很多，感覺上是套房裡的私人浴室。乳白色浴缸邊緣鑲著鍍金紋飾，裡頭裝滿了溫水，空氣中飄著杏桃的甜甜香氣。帶著泡沫的水面上漂著鮮豔的物體，福星順手撈起一個。

呃，塑膠小雞？這不是小孩洗澡時的玩具嗎？

「賀福星！」

怒吼聲再度響起，這語調令福星感到熟悉。他戰戰兢兢地抬頭，只見一名年齡看起來十二、三歲的黑髮男孩，光著身子浸泡在水裡，目露凶光地瞪著他。

是同學嗎？他怎麼沒印象？但是卻又看起來有點眼熟，「請、請問你是？」

「你們怎麼會出現在這裡！混帳東西！」

「這裡是學生宿舍嗎？」

「是教職員宿舍！」男孩咆哮，眼神凶惡到像是要把福星撕碎一般，但礙於處境尷尬，所以尚未出手。

「我、我們剛剛有事到女生宿舍，但不知道怎麼會……」福星儘量把話說得婉轉，澄清狀況，但是對方的表情更加難看。

「想潛入女子澡堂是吧！該死的歌羅德！」男孩惡咒了一聲，「你們這兩個亂七八糟的傢伙！想搞什麼下流勾當！」

「什、什麼？」沒這麼嚴重吧！

「那麼，那傢伙是怎麼回事！」

那傢伙？是指洛柯羅嗎？

福星回過頭，然而出現在他的身後的並不是洛柯羅，而是另一個人。

女人。

細瘦的上半身套著一件白襯衫，衣料被水浸成半透明，隱隱透出粉嫩的膚色。精緻的五官、細軟的銀色長髮，以及微尖的耳朵，勾起了福星的回憶。

是他在第一堂咒語課遇到的美麗妖精！

福星再度失神，忘了自己的處境，羞赧地搔了搔頭，「呃，妳好。好久不見……」

對方轉了轉水靈靈的大眼，露出困惑的微笑，「你在說什麼呀？福星。」

「呃，妳認識我？」哇！好開心！

少女勾起甜甜的笑容，「我是洛柯羅呀。」

福星愣愣。心中的蝴蝶，瞬間被電蚊拍秒殺。

「妳說什麼?!」這句話，同時從男孩和福星的口中迸出。

「騙人！」福星立即否認，不願意面對真相。

自稱是洛柯羅的少女笑著開口，「這是我的另一個形貌。剛才落水之後，我怕嚇到女生，就變身成這樣。」她拉起襯衫，「你看，我的襯衫上繡著名字。」

福星望向襯衫上的口袋，以藍綠色繡線用英文繡著小小的人名：洛柯羅。

在得知他幻想了數日的對象竟然就是好友，那粉紅色的青澀之夢，頓時幻滅。

「給我滾出去！」浴缸中的另一人發出吼聲，拉回了福星的注意。「到辦公室等著！接受處分！」

「你是誰啊？」夢想幻滅，福星的心情十分不悅，沒啥耐性地望著少年。

「寒川在生氣嗎？」洛柯羅望著對方，天真地開口。

「寒川？」福星大驚，「你是寒川?!」

不對吧！他怎麼樣都無法把眼前的小正太和那臭臉寒川對在一起。為什麼特殊生命體這麼愛變身！整人啊！

「注意你的態度！」男孩高傲地怒斥，囂張的模樣和課堂上的寒川倒是有異曲同工之妙。

「你真的是寒川……教授？」福星不可置信地看著少年，接著將目光移向水面上漂浮的小雞小鴨，「然後……洗澡時在浴缸裡玩這個？」

少年的臉色頓時漲紅，「少囉嗦！」掌中同時浮起一團光球。

「不要生氣嘛，寒川。」洛柯羅一躍而起，撲向寒川，玲瓏的身軀、豐滿而柔軟的胸部擠壓著對方的感官。他伸出兩隻指頭，貼上寒川的嘴角，向上推，硬是在對方的臉上撐起扭曲的笑容，「雖然生氣還是很可愛，但是笑的話比較好。」

「你！你放手！」被洛柯羅擁在懷中的寒川，滿臉通紅。不過，似乎不只是出於生氣的緣故。

「怎麼了？」洛柯羅盯著寒川，接著望向自己的襯衫，「噢，濕掉的衣服貼著身體，所以不舒服嗎？」洛柯羅點點頭，「那就脫掉吧。」語畢，伸手就要解釦。

「住手！」寒川大吼，抓住洛柯羅的手，「你想幹嘛！想要什麼心機陷害我是吧！立刻給我變回原樣！」

「寒川不喜歡這個樣子？」洛柯羅眨了眨眼，轉向福星，「那福星呢？」

「我不知道……」福星別開頭，「但是，你這個樣子，最好別做太多動作……」

雖然知道少女的實體是洛柯羅，但是眼前的景象還是令他感到血脈賁張。

「好吧。」洛柯羅閉上眼，肌膚泛起暗紅色的光，光暈將整個軀體包圍，一閃爍，細瘦的身軀頓時轉變成頎長的身影。

變成原樣的洛柯羅，揚起帶著邪氣的俊帥笑臉，望著懷中的寒川，低語：「這樣，喜歡嗎？寒川。」

「放開我！混帳！」

「不喜歡？」洛柯羅皺了皺眉。

「呃，洛柯羅，我們最好快點走……」不知道為何，眼前的畫面比方才更加煽情，更加曖昧。

「抱歉，驚擾到您了真是很不好意思，但是我們真的不知道發生什麼事！萬分抱歉，還請您見諒……」福星邊說邊拉起洛柯羅，爬出浴缸，朝門邊移動。「呃，對了，我們不會把今天看到的事說出去的，請您放心！」

「你敢威脅我?!」

「呃！我沒這個意思！」

寒川不理，再度凝聚咒力，直接對福星等人射出一道衝擊波。

「啊！」福星直覺地閃避。

不過，那道攻擊在衝向福星之前，就被一股紫紅色的燄光給中途打散。雖然不知道發生了什麼事，但福星無暇多想，拉著洛柯羅趕緊逃離現場。

「該死的歌羅德！我和你沒完！死人妖！」

當福星和洛柯羅被轉送到寒川的寢室，鬧得不可開交時，翡翠相當務實地離開現場，回到男子宿舍。

他並不會笨到留在原地等人來抓，更不會濫情到主動負荊請罪。他知道福星和洛柯羅可能會受到處分，但是他調查過，女生宿舍區的防禦管理是由歌羅德負責。歌羅德一向偏袒自己的學生，他相信福星不會有太大的麻煩。

都已經走到這一步了，不完成任務，反而對不起盡力幫助他的人。

翡翠走入宿舍，來到了某間寢室前，遲疑了一下，接著輕敲門扉。

片刻，門板打開。留著黑色長辮、有雙深紫色鳳眼的少年，一臉冰霜地前來應門。

「打擾了，我找萩霜。」

「我不認識你。」對方冷冷地望著翡翠，語調平板地開口。

翡翠不以為意地笑了笑，「聽說你是來自長白山的雪狐？」

萩霜挑了挑眉。

「廢話不多說，我想和你做筆交易。」翡翠的眼眸閃著商人的精明，「我接到使令，任務是得到三根雪狐的尾毛，希望你能給我。交換的條件是，你接到使令的話，我會無條件協助你。如何？」

萩霜不語，瞇起眼打量著翡翠。片刻，緩緩開口：「召喚暗夜精靈需要什麼？」

暗夜精靈是罕見的種族，和光之精靈、王族精靈以及少數特殊屬性的精靈，在精靈族裡皆是近乎神祇的存在。通常處在另一個次元界裡，因此想要見到的話，必須透過一定的召喚程序。

「那是你的使令？」

萩霜舉起左手，將掌心的淺藍色螺紋亮給翡翠看。

呵！運氣不錯！「召喚上層精靈需要特殊的材料，這些材料相當稀少而且珍貴，一般人很難得到……」翡翠刻意賣關子，在萩霜打算關上門板前，接著開口：「不過，敝人恰巧都有。」

萩霜推開門，盯著翡翠。

「要交易嗎？」

萩霜冷漠地點頭。

「那麼，請給我五根雪狐尾毛。」翡翠賊笑。

「你剛才說三根。」

「噢，那是一般狀況。如果你的任務沒這麼困難的話，三根尾毛就可以解決。」

萩霜微蹙了一下眉頭，略微不悅地低語，「你比狐狸還奸詐……」

「沒辦法，」翡翠故作無辜地聳了聳肩，「和人類學的。」

次日，翡翠順利繳交任務，完成使令。

福星和洛柯羅兩人昨晚造成的騷動傳開，今日上課時，有不少女生對福星投以嫌惡的目光。嗯，只有對福星。

「為什麼洛柯羅沒事！」在第七個女生經過福星身邊，對他咒罵「變態」時，福星忍不住抱怨，「他也潛入女浴，為什麼只罵我！況且我們又不是為了偷窺才進去的，是為了辦正事啊！」

「我掉進浴池時已經變身囉。」洛柯羅得意地開口，「我是合法入侵。」

「說到這個就有氣！洛柯羅，你會變身的事怎麼沒講！」

「你們沒問呀。」洛柯羅無奈地回答，「這又不是什麼重要的事，而且變成那樣很累，我也不常轉換成那樣……」

「是高段的幻術吧。」翡翠冷靜地推敲出合理的解釋，「有些妖精對幻術相當精通，常變化外形作弄人類。」洛柯羅應該也是相同的狀況。

「你怎麼會這招？」太奸詐了！

「以前有個姐姐教我的。她比我大很多，活了很久，知道很多事。」

「活了很久……幾歲啊？」

「應該有好幾千歲吧？但是她很漂亮。」

「是喔。」連平時的老臉寒川洛柯羅都覺得可愛，福星對他的審美觀不抱任何期待。

「不管你的目的是什麼，看了就是看了。狡辯的話，只會讓人覺得你得了便宜還賣乖。」翡翠笑著調侃。

「誰想看啊！」好啦，他是有點想看啦，只有一點點而已！「還不都是你害的，自己的任務也不查清楚再行動。」

「你們一起參與計畫，還不是沒發現問題。」翡翠沒好氣地開口，「反正沒事，就別再計較啦。」

福星兩人雖然闖了禍，但是懲罰卻不重。兩人在衝出寒川宿舍後，就被歌羅德叫去教師研究室，罰勞動服務。

女宿的防禦系統是歌羅德負責。守衛的咒語被設定為偵測到無攻擊性的外部入侵者，就直接被轉送到寒川的宿舍。而且轉送的位置相互對應，如果是潛入澡堂，就會被送入浴室，潛入寢室則會被送入房間。至於幫福星擋下攻擊的，也是歌羅德的咒語。

很明顯，這道防禦與其說是懲處入侵者，不如說是在惡整寒川。

歌羅德說，昨夜他們見到的男孩，才是寒川真正的模樣。據說是發生了某些事，導致寒川的外貌被固定在十二歲的樣子，平時的樣貌是用幻象和化形咒製造出來的假象，事實上他已經五百多歲了。

大多數特殊生命體不會讓外貌看起來太過蒼老，到了一定年齡後，就會以靈力將自己的形體維持在青壯年的階段，大多數的人都喜歡自己保持在最好看完美的狀態。

然而，對寒川這種個性彆扭的傢伙而言，看起來太年輕並不是好事，尤其是自己擁有一張太過幼齒的娃娃臉，這樣吼起人來絲毫沒有半點魄力，只會讓人覺得可愛而已。

福星很識相地對寒川的癖好絕口不提，不會白目到以此作威作福。他知道，寒川有能耐在他說出去之前封他的口。

順帶一提，昨晚慌慌張張地跑離現場，後來才發現自己竟然不小心夾帶了一隻黃色小雞出來。這東西還回去似乎只會造成尷尬，說不定會被當成是在威脅師長，所以，福星只好把它收藏在抽屜裡。

三人一面閒聊，一面步入教室。

週五傍晚的「人類社會禮俗交誼」，是特殊生命體專屬的科目之一。主要是教導對外在社會不了解的特殊生命體關於人類世界的現況，協助這些非人類在進入人類社會時，能夠不露出破綻，自然地融入其中。

之前的課程有些太過基本，有如國小的生活與倫理課，福星經常聽到打瞌睡。不過，從上一週開始，課堂上加入了實作與討論的部分，課程變得有趣了不少。

這週的課程是影片觀察。派利斯教授講解了一些社交應對之後，便播放影片，要大家寫觀察紀錄。

三十分鐘的影片，場景是某個餐廳，一群看似在聯誼的男女坐在長桌邊高談闊論。

據說這片子是派利斯教授為了教學，特地重金購買遠端監視系統，安裝在特定的場合，詳盡而真實地記錄下人類互動的畫面，以供課程使用。不過很多學生懷疑，派利斯買這些器材是有別的用途，或許有幾架監視器的安裝地點是女更衣室或旅館。

「洛柯羅，等會兒的影片要專心看。」福星在派利斯播放影片前，以臨危託孤的口吻鄭重開口。

「為什麼？」

「因為我想睡了……」福星撐著眼皮，斷斷續續地交代遺言：「你得告訴我影片在演什麼……」

觀察紀錄有個好處，就是沒有正確答案。上回他也是沒看影片，事後完全用掰的，掰到山窮水盡時，還胡亂融入了臺灣的鄉土類戲劇，什麼「李組長眉頭一皺，感覺事情並不單純」、「王婦大驚，臉色驟變」之類的句子，不斷出現。

意外地頗受教授好評，拿了個A。

「洛柯羅，接下來……就拜託你了……」

燈光關上後，福星就陷入睡眠狀態，一覺好眠到下課。

下課鐘響，福星轉了轉略微僵硬的脖子，拎著背包離開教室。

「剛才有發生什麼事嗎？」福星邊走邊伸展筋骨，向身旁正在計算代寫作業訂單的翡翠開口。

「除了你在睡夢中大喊了一聲『媽媽我不要吃』之外，沒有其他特別的事發生。」翡翠邊說邊按著 iPhone，發出嗶嗶聲響。

「騙人！」

「好啦，其實沒有很大聲。」

所以說，他真的有說夢話囉?!真是太丟臉了！「對了，洛柯羅跑去哪了？怎麼沒和我們一起走？」

「不知道，他說有人找他，所以先離開了。我猜是女生找他。」

「是喔。」可惡，該不會又被叫去執行什麼香豔的任務了！

唉唉，他也想受女生歡迎啊！什麼時候才能像洛柯羅一樣，走到哪兒都有女生尖叫著自己的名字呢？

彷彿在呼應自己的念頭似的，耳邊傳來了女子的叫喚聲。

「賀．福．星！」語調聽起來有點咬牙切齒。

福星回頭，只見那紮著長馬尾的熟悉身影出現在眼前。

「露妮雅學姐。有事嗎？」他已經完成任務了，為何又來找他？

啊！他知道這種狀況！有些時候，女孩子出於天生溫柔婉約的本性，無法直率地表達自己的心意，只好拐著彎，用種種的藉口來接近自己心儀的對象。

這就是所謂的傲嬌系對吧！

露妮雅的臉色極差，一臉興師問罪的口吻，尖著嗓子開口，「外表看起來弱不禁風，膽子卻很大嘛！竟敢闖入女浴。」

「呃，那是有原因的，況且我什麼都沒看見……」

「之前派給你的任務似乎太簡單了，羞辱了你的能耐。」露妮雅冷笑，「喜歡挑戰極限、尋找刺激是嗎？」

「完全沒這回事！」

「現在你有機會了。」露妮雅的跟班笑著開口，然後晃了晃手中的一捲紙。

福星認出那是下達任務的准許令，「不會吧！」

露妮雅接過紙卷，奸笑著望向福星，「不會太難的，只是希望你取來某些東西。」

「這次又想要我做什麼？是要理昂的照片？還是他的毛？」一想到那些怪裡怪氣的任務，福星沒好氣地開口。

「你在鬼扯什麼！下流！」

「這傢伙果然很低級！」

露妮雅瞪了福星一眼，「聽說你和狼人布拉德關係『不錯』是嗎？」

糟糕，他有不好的預感！

露妮雅笑了笑，嬌斥，「二D露妮雅，要求一C賀福星取得狼人布拉德．阿爾伯特之獸化掌印，限期兩星期。接下核准令。」

「什麼！」

「給你兩星期已經算是不錯的優待了。」露妮雅冷哼了聲，「接令，賀福星。」

福星睜大了眼，以無辜的目光望著露妮雅，企圖以純真的眼神喚醒對方內心底層的母性慈愛。這招是從《狗狗與我的十個約定》裡學來的。去年老媽租了影片回家，播到最後連陰狠毒辣的老姐都眼眶泛淚。

然而在這純真眼神的攻勢下，露妮雅只是皺起眉，嫌惡地開口：「幹什麼擺出這種蠢臉！裝智障是沒有用的！」

福星抽了抽嘴角，回復成平常的表情，無奈地接下使令。淡淡的藍色螺紋浮現掌中。

看來，蝙蝠不適合用黃金獵犬的招式。

露妮雅走後，翡翠拍拍福星的肩，「別擔心，上回你幫過我，這次我會幫你的。」

福星感動得簡直要噴淚，「謝謝！翡翠，你是我的好兄弟！」啊！多麼美麗的友誼！

「當然。」翡翠咧起笑容，「兄弟價，五折。」接著，掏出他的產品目錄，「需要什麼道具儘管說吧！」

「你這死要錢的奸商！」口裡雖然這樣罵，但福星還是很沒用地接下了產品目錄，開始物色起可能有用的道具，性命比骨氣重要多了。

當福星和翡翠正被盛怒中的露妮雅堵人時，洛柯羅一人悄悄前往西區的教職員研究大樓。

下課前，有人遞了張公用便箋給他。他照著紙條上的要求，在傍晚時前往指定的辦公室。

「寒川，找我有什麼事？」洛柯羅笑著詢問，「為什麼不用那個比較好看的臉呢？」

「請加上教授！」寒川坐在檜木桌後方，一臉傲慢地望著獨自前來的洛柯羅，勾起一抹冷笑，「本來想要處罰你和那個蝙蝠小子的，但是他運氣好，在我找上門之前先接到別的使令。」同一時間無法接二重使令，這是規定。

「使令？」洛柯羅露出了然於心的表情，「寒川，你也要我吻你或抱你嗎？」

「住口！我才不是那些沒腦的花痴！」他早就建議桑瑙校長修改規定好幾次了！但是卻始終沒實踐！

「所以呢？」

寒川倏然將放在桌面上的紙卷攤開，「黑天狗寒川，要求一C洛柯羅取得上級精靈結晶。限期——兩天。」

洛柯羅停頓了兩秒，「這就是使令的內容？」

寒川以為洛柯羅被任務給震懾住，得意地奸笑，「覺得無法完成的話，可以拒絕，提早接受懲處，省得浪費時間，能認清自己的無能也是一種美德。」

「噢，不，不是的。」洛柯羅微笑，「我可以接下使令。」

寒川瞇起眼，不以為然地輕哼，「你確定？無法達成的話，懲罰會更嚴重喔！」

洛柯羅微笑以對。

「哼！」看來這傢伙是徹頭徹尾的白痴。

寒川將紙卷扔向洛柯羅，洛柯羅接住使令的瞬間，掌心浮起淡藍色螺紋。

「期限兩天，你最好動作快。」洛柯羅離開辦公室前，寒川以看好戲的口吻提醒。

「你在關心我嗎？寒川。」

寒川漲紅了臉，氣惱地大吼：「滾！」

「真不坦率……」

回到宿舍後，福星和翡翠、洛柯羅會合，一同共進晚餐。正為了使令而苦惱的福星，沒心思詢問洛柯羅方才的行蹤，也沒發現對方的掌心和自己一樣有著淡藍色的紋路。

吃完飯後，福星和翡翠前往交誼廳和珠月會面，一起討論完成任務的策略。洛柯羅便閒閒地獨自前往南區林園。

靠近禁忌之塔的區域，夜晚時分，寂靜無聲，比起夜行性學員往來不絕的教學區，此地陰森得有如墳地。

洛柯羅站在杉木園中，仰望夜空。今晚是弦月，月暉皎潔，銀白的光芒從樹叢間灑落。時機正好。

洛柯羅揚起嘴角，閉上眼，深吸一口氣，無形的能量開始運作，身旁的空氣開始流轉，周遭的月光忽地液化，有如水流一般將他包圍。

片刻，洛柯羅的身上散發出淡淡月暉，頎長的身影開始變形。

骨架縮小，轉為纖細，髮絲拉長，色澤轉淡，耳朵轉尖，背後伸展出兩道透明薄翼。長長的羽睫顫動了兩下，清透的水光泛起，在眼角聚成圓，順著臉頰滾落，滴向掌心。

睜開眼，望向掌中，裡頭躺著兩顆月光石般的粉白晶體。

「可以了。」大功告成！他如釋重負地吐了口氣，看看錶，時間只過了五分鐘。

洛柯羅抽出從餐廳拿來的衛生紙，將珠晶包在裡頭，塞回口袋。閉上眼，化成原本的形貌後，踏著輕快的腳步前往寒川的宿舍。

位於西區的教職員宿舍區，由一間間獨立的木屋組成。

洛柯羅走向其中一間漆成黑色的小屋，那是昨晚才拜訪過，且弄得自己渾身是水、狼狽離開的房子，寒川的小屋。

走到門前，指頭緊壓著門鈴。虛假的鳥鳴聲從門板彼端隱隱透出。

「按一下就夠了！」咆哮聲在門開啟的同時爆出，來者見到洛柯羅，露出略微詫異的表情，「是你。怎麼，終於認清現實，決定放棄使令了？」

「不是。我是來繳交任務的。」

寒川重重哼了一聲，彷彿用盡全身力量要把鼻子擤掉似的，「這個時候還耍嘴皮！」

洛柯羅從口袋中掏出那團包得皺皺的衛生紙團，「吶，給你。」

寒川盯著紙團，「你這是什麼意思？我的頭上寫著白痴兩個字嗎？」

「東西在裡面。」

寒川狐疑地看著洛柯羅，不以為然地接下那團衛生紙，緩緩剝開——

「這、這是！」寒川差點站不住腳，他驚訝地向後退、撞上門板，手中的圓珠差點落地，他趕緊誠惶誠恐地捧在手中。

「這、這是……這是王族的結晶！」

不透明的結晶，是上級精靈所有。色度越濃，代表級數越高，而這閃著紫耀、粉白色近乎水玉的晶體，是女王之淚！

不可能！

「你怎麼弄來的！」精靈女王的行蹤不定，隱居在異空間的幽境裡，數千年來沒人見過。精靈女王本身存在與否，已經成為無法考證的傳說。

「你猜呀。」洛柯羅淺笑。

「是誰給你的？」

「你猜呀。我這樣算完成任務了吧？」

「是這樣沒錯，但是……」寒川看了看掌中的圓珠，鎮定情緒之後，冷靜的開口，「你確定要拿這個來交差？這已經超過我所要的，只要一般上級精靈的結晶就夠了。」

雖然下達使令的目的是為了為難洛柯羅，但洛柯羅交出的東西，遠超出任務的要求，反而令他收不下手。

「寒川真善良耶。不過我只有這個，要我交別的出來反而困難。」

「但——」

洛柯羅忽地靠向寒川，「寒川洗澡了嗎？」

「還沒……」慢著，現在提這個幹什麼！

「杏桃很香，我很喜歡。小鴨鴨很可愛。」

「你——」這是在威脅他嗎?!

「我有點累了，想回去休息。」洛柯羅打了個呵欠，「晚安，寒川。東西你就收下吧，不要的話丟掉也可以。」

「這麼珍貴的東西怎麼可能丟掉！」

「那就算我送你的吧。」

寒川瞪著洛柯羅，又看了看掌中的珠子，「與其讓你糟蹋珍寶，不如由我保管！」他重重哼了一聲，旋身入房，在甩上門板之前，補了一句：「只是保管而已！」

洛柯羅不以為意地輕笑，悠哉地轉身離去，「一點都不坦率。」

Chapter05

無能不是病，治起來要人命

穿著西裝、宛如英國紳士的教授，以道地的英國腔解說著文法。

為了和臺灣的高中課程接軌，福星選修了英語課。

英語雖是一般科目，但是卻和異能科同樣被歸入專能教學大樓裡。學園受巴別塔之磚的影響，語言統一，在這樣的情況下，反而無法有區別地教導特定的語言。因此，凡是和語言學習有關的課程，必須在設有隔離結界的特別教室裡上課。

福星心不在焉，撐著頭，懶懶地望著掌心的螺紋，鬱悶油然而生，「唉……」

「怎麼了？」坐在福星身旁的翡翠，以芬蘭語關心地詢問。

福星搖了搖頭，「翡翠，我聽不懂。」他指了指掌心，然後露出無奈的表情。

翡翠了然於心，露出同情的目光。

中場下課，福星便離開教室，蹺掉下半堂的課程，獨自在午後的校園裡閒晃散心。

他習慣性地走到了主堡附近的角落，高興地發現悠猊正坐在那兒閱讀。福星立即走向前，坐在悠猊身旁，有一搭沒一搭地和對方閒聊，分享著最近發生的事。

「……為了幫翡翠，害我掉到女浴池裡，還被傳送到寒川的房裡！」

「聽起來頗刺激的。」悠猊一邊翻著書頁，一邊回應。

「喔，告訴你一件有趣的事喔！你知道嗎，其實寒川他真正的樣貌並不是平常看見的老屁臉。」

「噢，是啊。」

「你已經知道了？」福星略微掃興地開口。

「嗯。」

福星躺在草坪上，望著蒼藍的天空，「不曉得為什麼寒川會變那樣。」

「他惹怒了某隻上古神獸，所以被詛咒了。」悠猊淡淡地回應。

「是喔。」神獸？聽起來有點夢幻。「但是，這個詛咒不怎麼重嘛。詛咒不是通常都要人缺手斷腳，要不然就是痛苦地死去？」

「那是因為神獸根本不把寒川放在眼裡。在牠的眼中，寒川只是個像吉娃娃一樣囂張的小鬼而已。」悠猊揚起嘴角，「況且，因為形體受限，能力也受到限制。以寒川黑天狗的身分，來教書算是潦倒的。」

「是喔？」他不太懂特殊生命體的地位層級是如何劃分。「對了，那你知道寒川洗澡的時候會在浴缸裡放小鴨鴨嗎？」

悠猊頓了一下，笑著開口：「這我就不知道了。」

福星得意地繼續說著：「而且他還在水裡加泡泡，是桃子口味的。」

「這倒是挺讓人意外的。」悠猊合上書本，望向福星，「這次又遇到什麼麻煩了？」

「啥？」

「你的掌心有螺紋。」

「唉，我又接到使令了。」福星坐起身，抓了抓頭，「而且這次的任務是取得布拉德的獸形掌印……」

「噢，這可不容易呢。狼人通常只有在發怒或極度虛弱時會化成獸形。」悠猊偏頭想了一下，「對你而言，激怒他比較容易。」

「是喔，然後讓他用獸爪在我的心臟上蓋一個血窟窿是吧！」福星沒好氣地抱怨，「為什麼狼人這麼難相處啊！和電影裡的超自然生物沒兩樣！凶暴又難搞！」

不只他，理昂也是！甚至是班上的其他人，他都覺得怪怪的，異於常人——雖然他們本來就不是人。但和這些「人」往來，他覺得很不容易拿捏，很難了解對方的思緒。

「不是超自然生物，是特殊生命體。」悠猊淡然糾正。

「我知道。抱歉，一時口誤用了以前的習慣用詞。」福星停頓了一下，「話說，為什麼不叫超自然生物？」

「因為我們和其他生物一樣，都是從自然產生的。那個詞是人類出於我族中心思想對我們的稱呼。」悠猊的目光望向遠方，「就我看來，人類才是超自然生物，而且是負面的存在……」

「沒那麼糟吧？應該也有好的一面吧。」他知道有不少特殊生命體對人類抱持負面的觀感，就像是政治立場不同一樣，沒有誰對誰錯。

「特殊生命體很好相處的，比人類單純率直多了。你待在人類社會太久，所以還不太習慣，過一陣子就會了解的。」

「大概吧……」

悠猊笑了笑，忽地皺起眉。

「怎麼了？」

「我得走了。」悠猊起身，微微苦笑，「下次有機會再聊吧！」

「喔，好。」

「順帶一提，你的潛力無限，別妄自菲薄。」悠猊意味深長地望了他一眼。

週五班會必須討論萬聖節的關卡設置，身為班代的福星一大早便前往圖書館搜集相關資料。夏洛姆圖書館非常大，而且相當古老，有一大半的書籍是兩個世紀前的出版品。

雖然古老，但還是有現代化的地方，入口處的電腦可以索引書籍，尋找資料相當便利。

福星來到校史區，翻閱著過去的檔案。萬聖節試煉是從創校時就開始的活動，不過，變成試膽大會的形式則是近幾十年的事。

來到夏洛姆也一個多月，他已經習慣了這裡的生活，以及特殊生命體的世界。雖然他依然對許多事物懵懵懂懂，但至少不會像當初一樣大驚小怪了。修習的學科大致掌握，咒語的操作雖然經常失控，但至少還算發動得了。

唯一令他困擾的，就是他的異能力。

他到現在還不會形化，不知道該怎麼轉換形體。這狀況對萬聖節的活動非常不利。

下午的時光，福星帶著課本，前往主堡附近的林區去找悠猊，希望對方告訴他一點訣竅。

「去找洛柯羅幫你吧。」悠猊笑了笑，留下這聽起來十分不可靠的建議之後，瀟灑離去。

福星覺得無趣，便走回宿舍，才剛到一樓大廳，就遇見提著竹籃的洛柯羅。

「你要出門呀？」福星問道。

「對啊，要去南區的草坪。」

「做啥？」

「野餐，」洛柯羅提起手中的竹籃，晃了一下，「吃完睡午覺，這種天氣在戶外午睡很舒服。福星要一起來嗎？」

「好啊。」反正也沒事。

福星跟著洛柯羅在校園裡悠閒地漫步。沒一會兒，開滿小白花的南區園地出現眼前，兩人找了個樹蔭，席地而坐。

「福星帶著課本做什麼？有調課嗎？」洛柯羅吃著向食堂要來的三明治，好奇地問。

「沒有啦。是我自己在練習。」

「為什麼要練習?福星有這麼笨嗎?」

要不是知道洛柯羅的個性,他絕對會以為洛柯羅在羞辱他。

「是沒你聰明啦。」丟出了個略帶酸味的回應,福星想起了悠猊的建議。

找洛柯羅幫忙?真的有用嗎……不過,看洛柯羅上了這麼多課,好像也沒出過什麼狀況,似乎也是有兩下子。

死馬當活馬醫吧!

「洛柯羅,幫我個忙!」

「嗯?」

「教我形化!」

「啊?」

「我看得懂書上的內容,也聽得懂老師講的步驟,但是實際操作卻總是失敗。拜託你,教我一下吧!」

「是喔。」洛柯羅點點頭,思索了片刻,「福星是精怪組的,精怪組的形化是變回原形對吧?」

「嗯。」

「所以福星要是變成蝙蝠，就算成功囉？」

「是這樣沒錯啦。」說的容易，但他就是不知道要怎麼做。

洛柯羅坐起身，「好啊，我教你。」他拉起福星的手，「很簡單，就像這樣……」

太快了吧！「喂喂喂，等一下——」

福星來不及阻止，只見洛柯羅閉上眼，深吸了一口氣。頓時，他感覺到一股微妙的能量流從對方的掌心流過來，注入自己的身體裡。

福星瞪大了眼。這是什麼？

一瞬間，有道溫暖的光暈閃過眼前，映下倏忽而逝的璀璨，不知道那是眼花造成的錯覺，還是真的看到這個景象。他感覺到自己的身體產生了某種變化，似有似無的變化，好像有道塵封的門扉被緩緩推離門檻。在這時間點上，他有種被抽離時空的茫然感。

「想一下蝙蝠的樣子。」

洛柯羅的聲音從耳邊響起，福星呆愣愣地跟著指示，茫然而恍惚地專注於自己的思緒，回想著在網路上看到的蝙蝠照片。

「好了。」洛柯羅的聲音再度傳來。

福星回過神，轉過頭，發現洛柯羅已不見蹤影。而且，自己的視線，突然變得好低，地面上的青草近在眼前。

「好了，福星。」

福星回過頭，看見一隻蝙蝠站在自己身旁，用洛柯羅的嗓音和他說話。

「洛柯羅?!」他詫異地驚呼，「你變成蝙蝠了?!」

他以為妖精的形化只限於膚色和身高而已。還是說，這也是幻術？翡翠說過妖精善於幻術——

「福星要不要飛飛看？」

「飛？」福星低下頭，發現自己的外觀也有了改變。

毛茸茸的圓肚下，伸出兩隻黑黑細細的短腿，長臂下連著兩片黝黑的皮質翅膀，摸了摸頭，圓形的頭頂上，有兩片又尖又大的耳朵。

他也變成蝙蝠了！

「謝謝，洛柯羅。」福星興奮地看著自己的新形體，鼓動著雙翼，本想在天空遨遊一番，但是陽光對此時的他來說，太過刺眼，「要怎麼變回去啊？」

「一樣啊，回想剛才的感覺，想著自己的人形可以啦。」洛柯羅說完，身體也隨之回復成原本俊帥的模樣。

「喔，好！」

福星閉上眼，回想著方才的感覺。他努力想抓住體內的那股能量，但是卻難以掌控，彷佛是在水中跑步一樣，難以聚力。

「福星這麼喜歡蝙蝠的樣子呀？」洛柯羅一邊吃著鬆餅，一邊開口，「但是現在的光線不適合喔，晚一點會比較舒服。」

「不、不是的！」他還來不及享受初次變身的喜悅，就陷入了另一波的恐懼當中。

「洛柯羅，我好像……變不回來……」

「怎麼會？」洛柯羅皺了皺眉，「變回去應該更簡單啊？福星，就回想剛才的感覺，集中精神……」

福星閉上眼，努力地重複剛才的步驟。

——一個小時過去。夕陽灑著橘色的霞輝，緩緩落入山間，在南區草坪上，拉出了兩道長長的影子。

一個是人影，一個是蝙蝠影。

「怎麼辦！」福星焦急地開口，「會不會就這樣變回不去了！」

「放心，福星現在這樣也很可愛！」洛柯羅連忙安撫，「我、我去找翡翠幫忙！」

翡翠坐在房間的沙發上，盯著那蹲在茶几上的蝙蝠。片刻，伸出食指，戳了戳蝙蝠的圓肚子。

「幹嘛啦！」福星沒好氣地用翅膀推開對方的手。

「無法變身，這種狀況我第一次看見。雖然這麼說很沒禮貌——」翡翠噗嗤一聲，「但我覺得很好笑。」

「翡翠！」都什麼時候了還說笑！

「要不要找歌羅德幫忙？」翡翠開口。

「別啊！太丟臉了！」

「況且這種事很不尋常，說不定他們會把你抓來解剖研究。」翡翠的室友，來自雲南的蜘蛛精丹絹，冷靜地推論。

原本福星不想讓其他人知道自己的事，但翡翠再三保證丹絹很可靠，福星才勉為其難地接受。

「翡翠，你不是有一堆莫名其妙的雜草和肉乾，拿一些給福星吃吧。」丹絹建議。

「那些藥材很貴的。」翡翠挑眉。

福星激動地開口：「我會付錢的！你不用擔心會虧損！」

「別這麼生氣。」翡翠不好意思地搔了搔臉頰，「只是開玩笑罷了。」語畢，轉身進入床區，抱出一個大木箱。

翡翠把木箱放在地上，打開，裡頭有三層，每一層都被縱橫交錯的木板隔出數十個小空間，格子裡頭塞滿了各式各樣的藥草以及施咒用的素材。

「我看看喔……」翡翠低頭打量著箱中的東西，思索片刻，然後拿起一綑深褐色的長條乾草，取出一片，「試試這個，變形草。」

福星用小小的爪子接下葉片，咬了一口，整張臉皺成一團，「好苦喔……」

「這個要先磨成粉泡在熱水裡三分鐘。」

「那你幹嘛給我啊！」

「我只是要你先拿著而已，是你太過猴急。」

翡翠將乾草粉丟入準備好的熱水中，三分鐘後，讓福星喝下。

「嗯，沒那麼苦了。」而且還有點回甘，「但是除了變好喝以外，好像沒有效……」看著自己黑黝黝的翅膀，福星長長一嘆。

「那試試看這個。」翡翠拿出兩粒黑黑的藥丸，直接丟入福星的嘴裡。

「咳！好辣！」福星勉強嚥下。

「喔喔喔！」洛柯羅發出驚奇的叫聲。

「怎麼了！有效喔?!」

「你的鼻子變成粉紅色了。」丹絹將水杯推到福星面前，讓福星看見自己的倒影。「而且多了副兔耳。」

「這什麼怪東西！」好像怪物！

「不會啦，感覺很有福相……」

「那麼，試試這個。」翡翠倒了點藍色的液體在湯匙上，讓福星喝下。

「好臭！」

「噢，至少兔耳消失了。現在你是隻有個粉紅鼻子的蝙蝠。」

「這有什麼用！」

「那試試這個。」

「好冰！」

「還有這個。」

「好甜！」嗚，他終於了解神農嘗百草的艱辛了……

「那這個呢？」洛柯羅用湯匙從一個桃紅色的罐子裡挖了一點膏狀物，遞給福星。

福星聞了聞那帶著果香的白色膏狀物，然後咬了一口，「這是什麼啊！雖然很香，但是好苦！而且舌頭還刺刺的！」

「抱歉，」丹絹輕咳了聲，「那是我的護髮霜……」

「什麼！」福星趕緊把嘴裡殘餘的護髮霜吐出，「呸呸呸！洛柯羅你竟然整我！」

「我看它放在那邊，以為也是藥。對不起啦，福星！」

「幸好他沒拿到另一個瓶子。」丹絹笑著開口，「那裡面裝的是清潔用的強鹼。」

福星瞪了洛柯羅一眼，然後無奈地開口：「翡翠，還有其他藥嗎？」

「能用和不能用的你都吃了，看起來都沒用。」

「怎麼辦……」

「去問珠月好了，她也是精怪組的，說不定比較了解。」丹絹提出建議。

啥？珠月！他不想在女生面前丟臉啊！「呃，我覺得——」

福星還來不及開口阻止，其他三人已接受了這個建議。

「我去找她。」翡翠起身，「你們到普通大樓後面的花圃等，那裡比較隱密。」

「好的。」洛柯羅一把捧起福星，像是抱娃娃一樣，「來，我們走囉，福星。」

「我自己會走……會飛啦！」

「沒關係啦，福星是病人，要小心照顧呀。」洛柯羅一邊說，一邊用手撫摸福星身上的毛，並且不時輕捏他的耳朵和肚子。

什麼病人，根本是把他當寵物吧！

翡翠去女宿搬救兵。十分鐘後，帶著兩個援手回來。

起先是珠月和妙春。

「抱歉，因為她也在場。」翡翠如此解釋，「況且，聽說狸貓精對藥相當了解，她或許能幫得上忙。」

「交給我吧！」剪著齊瀏海、外表像日本娃娃的妙春，捧著鐔藥罐，信誓旦旦地開口，「這是我們族裡祕傳的妙藥，能治百病！」

然而，卻治不了變身異常的狀況。

「我回去找別的藥！」妙春一臉歉疚，抱著藥罐跑回宿舍。

回來時，除了藥，還帶了另外兩個人過來。

「我聽妙春說有好玩的事。」穿著日式單衣、散發魅惑氣息的狐精紅葉媚笑著開口。

「這不是在開玩笑，紅葉。」丹絹冷冷地開口，

「這麼嚴肅會不受女生歡迎喔。」紅葉瞇起眼，朝丹絹送了個秋波，接著望向福星，「試試看狐精的治癒術吧。」

紅葉將手搭在福星身上，片刻，掌心發出光芒。

福星覺得自己的身體變得很舒服，什麼腰痠背痛，瞬間消除。

然而，外形沒變。

「沒效呢。」紅葉好奇地拍了拍福星的頭，「看來問題很嚴重喔，我回去找看看有沒有其他辦法。」

紅葉回宿舍後，帶著一個布包，以及另一個人回來。

「哎呀呀，真的是很特別的狀況呢。」有著紅棕色波浪長髮的芮秋，笑吟吟地開口。她就是當初在班教室裡，叫布拉德「小笨狗」的闇血族少女。

「我說得沒錯吧。」紅葉得意地開口。

「這裡不是珍禽奇獸展覽會。」丹絹斥責。

「我也不是來參觀的。」芮秋笑著回應，同時拿出一個玻璃瓶，遞給福星，「闇血族的特效藥不知道是否有用？」

福星扶著瓶身，小心地啜了一口瓶中物，差點辣到舌頭失去知覺。

「好難喝喔……」他的喉嚨好像要燒起來一樣。

「我想也是。」芮秋微笑，「畢竟這是外敷藥。」

「什麼！」怎麼不早講！「那，我要擦在哪裡？」

「哪裡有問題就擦哪裡囉。」芮秋拿起瓶子，「全身都有問題的話，那就……」她把瓶子傾斜，油滑的液體直接從福星的頭頂淋下。

「唔噁！」好討厭的觸感。

「看來還是沒有用。」

眾人陷入苦思，現場一片沉默，三分鐘後，同時開口——

「我回去找其他辦法！」

「呃？」

眾人紛紛散去，只留下洛柯羅守著福星。

十分鐘後，離去的人，紛紛帶著自己想到的「辦法」歸回。

「這是鬼螟火眼。治療異能力造成的傷口很有效。」同班的獸人，捷德．朱爾斯，掛著爽朗的笑容，笑著開口。

「這是蟾蜍油，效果很好。」總是做日系辣妹打扮的河童，黑沼彌生，用那貼著水晶指甲的手輕夾著藥瓶，在福星面前晃了晃。

「雪精靈的冰晶。」女精靈卡翠娜溫柔地開口。

「要不要試試火蜥蜴的角？」平時沉默寡言、讓人看不透心思的闇血族以薩．涅瓦也來了。

「這是靈鷺宮的符水。」雉雞精墨翎拿了一個杯子，裡頭沉澱著灰白的碎渣。「一定可以化解你的詛咒！」

「這個才有效——」、「先試這個——」、「還有這個——」

一C的全體成員幾乎到齊。一群人像進貢的使節一樣，拿著自己帶來的祕方，踴躍遞上。福星被包圍在中央，被迫吞下、抹上各式各樣稀奇古怪的藥材，整個人暈頭轉向，兩眼發花。

天啊！他突然覺得，當隻悠閒的蝙蝠似乎也不錯……誰來幫幫他啊！

花圃的角落，鬧哄哄地吵成一片。

一旁的白樺樹上，有個瘦長的人影靜靜的佇立在枝幹間，笑眼看著底下熱鬧的景況。

呵，不錯嘛，有這麼多人來幫忙……應該也夠了，在他被整死之前出手吧。

伸起手，曲指，在空中輕輕一彈。無形的能量有如漣漪，一波一波擴散，傳達到福星身上，將之包圍。

「呃嗯？」雖然被怪藥整得七葷八素，但在一瞬間，福星感覺到有種異樣的觸感從外部潛入自己的體內。

下一刻，圓滾滾的蝙蝠開始變化，四肢開始拉長，身體向上延伸，不到一分鐘，化成人形。

福星眨了眨眼向下望，打量著自己的身體。他變回來了！

「喔喔！成功了！」歡呼聲隨之響起。

「謝謝！」雖然搞不清楚自己是怎麼復原的，福星仍感激地看著眾人，由衷道謝：「要不是你們幫助，我就完蛋了！真的很感謝！」

「我就說我的藥有效。」翡翠得意洋洋地開口：「一定是藥效到現在才發作。」

「不對，是我的草。」

「是我的油啦！」

「胡說，明明是我的符水！」

才靜不到兩秒，場面再度陷入混亂。

「呃，大家別爭，」福星趕緊安撫，「不管是誰的藥，我都很感謝。時間不早了，大家回去休息吧……」

「不行！」墨翎瞪了翡翠一眼，「不證明我的藥有效，豈不是給別人看扁了！」

「這是我要說的。」

「福星！重來！我們再試一次！」

「先吃我的油！」

「還有我的符水！」

「這個藥水也是！」

看著同時遞到自己面前的瓶瓶罐罐，福星感覺背脊一陣發寒。

「饒了我吧！」

接下來的日子，課業之餘的空堂時間，福星幾乎把所有的心思花在萬聖節的活動上。

託上回變身騷動的福，福星和班上的同學距離拉近了不少，不少人願意支援協助，工作進行得頗為順利。

週五的班會時間，全班聚集在教室裡，討論即將到來的萬聖節試煉。

福星站在黑板前方，對著眾人解說著搜集來的資料，以及工作分配。

「……以上是主要的注意事項，大家對關卡的設置有任何想法，都可以提出喔。」

「咳嗯！」

臺下傳來的輕咳聲提醒福星的注意，「喔，對了。還有，翡翠幫我們探聽了別班的狀況，那麼就請翡翠來報告——」

翡翠優雅地起身，走到臺前：「其他班級進度超前我們一些，但就我看來，大部分是瞎忙。A班和D班走的是傳統嚇人路線，他們打算扮成死靈、殭屍和惡魔之類的東西。特別是D班，這些天都聚在教室裡看恐怖片，這就是為什麼最近四樓經常出現狂笑聲。」

翡翠輕咳一聲，「比較需要注意的是B班和E班。就我所知，B班決定放棄『驚嚇關卡』的分數，把全部心力放在攻擊關卡上，以武力遏止別班的闖關組抵達終點。」

說到這兒，翡翠壓低聲音，湊向福星，「話說，B班的班代和你是同鄉。看看你，真會給人惹麻煩。」

「干我屁事啊？」又不是他唆使對方這麼做的！不過，翡翠的話倒令福星有點好奇。他不知道原來新生裡，也有人和他來自同一個地方。不知道對方是什麼族類的？

「嗯，接下來是E班。」翡翠繼續開口，「E班麻煩之處在於，他們班普遍年齡比其他新生來得高，能力似乎也比較強。聽說E班裡積分點超過兩百的學生有四、五個。」他抬起頭，不以為然地聳了聳肩，「顯然他們是太閒了。」

福星挑眉。積分點超過兩百？前天他去刷了戒指，積分也才四十而已，而且大部分的加分是來自人類社會這堂課。E班的人真的是……太不合群了吧！

翡翠下臺後，眾人紛紛交頭接耳，對於敵方的狀況有不少的批評與意見。

「各位別擔心，還有兩個半星期左右的時間，非常充裕。」福星大聲說著，拉回大家的注意，「八年前贏得冠軍的班級，只花了兩天的時間就準備好關卡的擺設呢。」

話說，那個班級的班代就是老姐。這傢伙明明只待在學校一半的時間，卻有辦法規劃領導整個班級活動，也難怪那麼多老師記得她。

班會繼續進行，一個小時很快就過去了。

大家散會後，各自前往下一堂課的教室，或返回宿舍。福星和翡翠、珠月邊走邊閒聊，洛柯羅則是拎著一袋從餐廳打包的餅乾，跟在一旁，專心地邊走邊吃。

「不知道別班進行得怎樣，真想看看他們設計了哪些關卡。」福星順手從洛柯羅的袋子裡拿了塊奶油夾心餅塞入嘴裡。

「放心，我們不會比他們差。」翡翠停頓了一下，「嗯，至少還有D班墊底。」

「是喔……」這個鼓勵一點都不振奮人心。「對了，B班班代是誰呀？是什麼族類？他來自臺灣的哪裡？」他很好奇這位同鄉的身分。

翡翠斜睨了福星一眼，「幹嘛，你想追她喔？媚藥一罐十毫升，友情價五歐元。」

「你想歪了！我只是——慢著，她是女的？」

「是啊。是隻貓妖，叫做小花。」

「小花？」這個名字太有個性了吧！

「她住在我隔壁寢，聽說是初代。這個名字應該是她貓咪時的名字吧，初代有很多直接挪用舊名。」珠月接著補充。

初代就是獨自修行而成的精怪，不是靠精怪父母交合所生。像福星這種由精怪所生的精怪，被稱為次生代。

「她是怎麼樣的人？」

「該怎麼說呢……」珠月偏頭想了想，「嗯，她和福星一樣，很像人類。不過又和福星不太一樣……呃，我的意思是，她的言行舉止比較偏向人類。我和她不熟，所以也說不清楚。」

「是喔……」真令人好奇。「下次必修課指給我看吧。」

來到宿舍區，男女生宿舍設在不同角落，福星等人便在男宿前的廣場和珠月道別。

「明天見。」

「等等，福星。」珠月叫住了福星，伸手撫向他的臉，拇指溫柔地往他的嘴角一抹。

「有餅乾屑。」珠月把手拿到福星面前，然後輕輕地彈去指上的餅屑。

福星感覺到自己的臉因羞怯而微微發熱，立即低下頭，含糊地回應。珠月的臉離他好近，晚風將她身上帶有海水味的清香吹拂到面前，在心底撩起一陣悸動。

「呃嗯，謝謝……」

珠月就像個溫柔的大姐姐一樣，陪伴照顧著他。他喜歡她，但不是男女的那種喜歡，只是單純的友誼，單純地希望她開心。如果他家老姐有珠月的十分之一溫柔就好了！

目送珠月離開之後，福星和翡翠、洛柯羅走向男宿舍。然而，才到宿舍門口，就被一個怒氣騰騰的結實軀體給擋下。

布拉德站在出口處，見到福星靠近，便走向前，擋住他的去路。

又來了……

面對著一臉怒意的布拉德，福星鼓起勇氣開口：「晚、晚安，布拉德。」這回有翡翠和洛柯羅陪著，他的膽子大了點。「有什麼事嗎？」

他能理解有時人會毫無理由地看另一個人不順眼，但是布拉德對他的厭惡，似乎已經不是「不順眼」能解釋了。

布拉德沒回應，湛藍的眼底充滿火燄，惡狠狠地瞪著福星，似乎想把他瞪死。

「嗯，還是你對萬聖節活動有什麼意見，想要告訴我？」福星勉強撐著笑容詢問。

下一刻，布拉德猛地伸手揪住對方的領子，拉往自己的面前。

「喂！你——」洛柯羅出聲打算制止。福星怕翡翠被牽連，便使了個眼色要他安靜。

「別太囂張……」布拉德咬牙切齒地低語。

雖然居於下風，但布拉德這話卻惹惱了他。「你是什麼意思？」

「別以為每個人都吃你那套……」布拉德冷哼了聲，將福星重重甩開，轉身離去。

「你到底是對他做了什麼呀？」翡翠一邊扶起福星，一邊開口。

「我不知道！」

「福星是不是偷吃了布拉德的東西？還是把他喜歡吃的菜夾光啊？」

「我可沒有吃生肉的癖好！」

「是喔。那還真是莫名其妙。」

「本來就是！」

「那你要怎麼拿到他的獸爪印呢？」

「哈，問得好。」福星忽地靈光一閃，「對了，翡翠。如果讓布拉德吃下媚藥，他會不會因此就聽我的話！」

「呃，這個點子很好。但是真的這麼做的話，你可能會很痛。」

「為什麼？」

「想想看發情的狼人會做什麼吧。」

福星愣了愣，片刻才會過意，接著為自己想出的蠢方法打了個寒顫。太可怕了。

晚上用完餐後，福星回到寢室，百般無聊地整理今日發下的課本和講義。

過沒多久，開門聲響起，是理昂回來了。

「晚安！理昂。」超難得的！他竟然遇見理昂了！「對了，你的分組問卷還沒——」

無視福星的存在，理昂頭也不抬地進入他的床區。

「……你真的很難相處！」福星走回床區，忍不住嘀咕抱怨。

「你也是。」

不過理昂這話讓他十分不滿。

「我哪會難相處啊！我一直對你釋出善意，你卻老是潑我冷水。」不過，這個態度讓他想起了某人。「你和我老姐頗像的。對了，你有兄弟姐妹嗎？」

理昂再度陷入沉默，不予回應。

「真想看看你和家人是怎麼互動的……你對待手足也是這個態度嗎？」福星一邊碎碎唸，一邊整理今日收到的講義。

「不是。」出乎意料，理昂竟然回應了。

「呃？」怎麼？沒想到家人是理昂的話題點！「嗯，所以，你有兄弟姐妹？」

理昂沒有回應。

這個傢伙真麻煩，回答問題的標準完全讓人摸不著頭緒。

「你的手足叫什麼名字啊？」

「莉雅。」

「這樣啊……」這是他第一次和理昂聊天！順著這樣聊下去，說不定能發展出友誼！「那，莉雅怎麼沒和你一起來夏洛姆呀？」

「因為她死了。」

好不容易營造出的輕鬆談話氣氛，瞬間轉為令人難堪的尷尬。

「抱歉……」福星不知道該接什麼話，他對這種沉重的話題向來沒轍。

理昂沒有回應。房間內陷入寧靜。

他猜想理昂和莉雅的關係一定很好，以往總是對他嗤之以鼻的理昂，這次竟然會正常地回應他的問話。

想起自己和芙清，雖然總是吵吵鬧鬧的，不過，如果芙清死了，他也會很難過。思考到此，他突然對理昂過去無禮的態度感到釋懷。

不知道莉雅是什麼樣的人。

不知道莉雅的死，和理昂孤僻的個性是否有關聯……

SHALOM ACADEMY

Chapter06

瓜田李下，看見黑影就開打

SHALOM ACADEMY

次日的異能力課程，進入了更複雜的階段，而且寒川還規定，同族類裡要兩個人一組，彼此測試，沒通過的人要留下來接受指導。

福星暗自慶幸。還好他已經學會運用異能力的方式，要不然今天可能會被留下來「課後輔導」。他可不想和寒川一起上演「放課後的激情教室」。

「接下來的單元是幻術與心靈控制。簡單來說，瞞過對方的眼睛，讓對方信以為真。操控得好的話，有助於加強攻擊力，或者增加防禦和逃命的時間。」寒川站在講臺上，掃視著學生。

似乎是受到萬聖節活動將至的影響，最近上課有不少人心不在焉，交頭接耳和傳紙條的現象經常出現。即便是寒川的課，也有人低著頭竊竊私語。

「幻術和心靈控制的差別在於，幻術是製造出幻象，這個幻象是人都可見到的，就像這樣。」

寒川低頭吟誦了一陣咒語，教室的空中，忽地出現一條紅龍，吐著火盤旋起舞。

「至於心靈控制，俗稱迷魂，則是針對某個對象，影響他的腦波和思緒，讓他以為自己看見了某些東西。」

寒川轉過頭，對著蹲在角落談話的學生彈指，下一刻，一陣驚叫聲傳來。兩名學生不斷拍打著自己的身體，像是要把什麼東西撲滅似的。

「以上是基本理論。上課請保持專注，我不想聽見無謂的噪音。」

寒川再度彈了下指，兩名學生如夢初醒，驚魂未定地張望著四周。

「以上兩種異能力若配合巫術使用，會有更多的變化。比方說，異能力製造出的幻象有時並不具有實體，若是配合巫術，幻象將會具體化，並且擁有力量。這些內容是屬於亞伯蘭教授的範疇，我就不在此多說了。」

接下來，寒川在黑板上書寫了一些要點和操作程序，講解了一番後，便要學生們分組練習。

福星和珠月同是精怪類的，珠月立即跑來找他搭檔。

「同組的人要各自操作一次幻術和迷魂，妳想進行哪一個？」

「幻術。」珠月揚起微笑，「福星看過龍魚嗎？住在深海的魚種。」

福星搖了搖頭。

珠月低吟了幾聲，福星感覺到面前颳起一陣細小的旋風，接著，淡淡的影像在空中聚集，色澤逐漸變深。片刻，一隻長相醜惡的怪魚浮現，牠的牙齒尖銳，暴出嘴巴，眼睛圓突，長條狀的身軀長著細細的刺鰭，感覺像是外星動物一樣。

「呃……好特別的魚……看起來有點凶猛。」

「很嚇人對吧？把牠設在關卡裡面，你覺得如何？」

「嗯，可能背景要設計得詳細，像這樣直接飄在空中有點太假了，嚇不了人。」他盯著那滑溜濕黏的皮膚，感覺臉上一陣發麻。

「換你了，福星。變個嚇人的東西出來吧！」珠月開心地笑著，「看你能不能嚇到我。」

他不服輸地回應，「最好別小看我。」

珠月挑眉，似乎有點懷疑。福星立即低頭，吟誦了一段咒語，下一刻，穿著清朝官服、額上貼著符紙的中式殭屍出現在珠月面前。

「這是什麼東西啊？」珠月看著那雙手打直、不斷跳來跳去的殭屍，笑到彎腰，「福星，這一點都不嚇人，而且很好笑。」

「這裡在鬧什麼！」

嚴冷的低喝聲忽地從身旁傳來，原本笑個不停的珠月身子一震，回過頭，只見寒川一臉震怒地站在一旁。

「現在是嬉鬧的時間嗎？」寒川冷著臉，皺著眉，凶惡地瞪著珠月，「太差勁了！」

珠月的臉色瞬間刷白，慌張地開口：「對、對不起，寒川教授。」

福星忽地大笑，「嚇到妳了吧！」

珠月困惑地看了看福星，又轉過頭看了看寒川。福星彈下指，寒川的幻影立即消散。

「趁妳被殭屍吸引注意力的時候，我又弄了一個幻象。」福星得意地笑著，「被騙到了吧。」

珠月愣了片刻，揚起佩服的笑容。

兩人討論了一會兒，便進入迷魂的練習。似乎是對方才的練習驚魂未定，珠月這回提議要讓對方看見可愛的東西。

「要開始囉，福星。」珠月低吟了一聲咒語。

福星感覺眼前的視線微微晃動了一陣。接著，他看見原本珠月所站的位置，換成了一隻飄在空中的海豚。

「是海豚。」本來想伸手去摸，但他立即想到海豚的實體可能是珠月，所以便收起手。

珠月解開迷咒後，輪到福星。福星一邊緩慢吟誦著前導咒語，一邊思索。

可愛的東西……要變成小貓嗎？不，這樣太普通了……

他靈光一閃。那麼，變成這個好了……

他朝著珠月發動咒語。過了兩秒，珠月臉上浮現驚喜的表情。

「是海豹！」珠月笑得好燦爛，彷彿看見新一季ＬＶ包放在面前的名媛。

「怎麼樣呀？」福星很高興看見珠月這樣的反應，但她接下來的動作卻出乎他意料。

「可愛的小海豹！」珠月突然奔向福星，一把將他擁入懷裡。

珠月柔軟的身軀緊靠著他，溫暖的肌膚、淡淡的馨香將他包圍，他感覺自己的臉像是著了火一樣燥熱！

「珠月！慢、慢著！是我啦！是我！」這！怎麼會這樣！他只是想討珠月歡心，變成她喜歡的海豹，但他沒預料到會有這樣的結果出現啊！

「啊啊，這個肥滋滋的肚皮真教人難以抗拒！」珠月邊說邊掐捏著他的肚子，福星感覺到一陣癢，但他笑不出來。因為他感覺到珠月的手太過下移，只差一點點就會碰到尷尬的部位——

「珠月！」服星趕緊把對方推開，趁著空檔解開了迷咒。

珠月站在原地，回過神，如夢初醒地看了看周遭。

當福星正要鬆口氣時，一股強大的力道猛然撞上他的背脊。

「呃?!」福星撲跌在地，劇痛從他的背部以及著地的關節處傳來。還沒弄清楚發生什麼事，就被再度拖離地面，然後重重摔下。

「福星！」

他聽見珠月的驚叫聲，本想撐起身，但是肩膀卻痛到使不上力。到底……怎麼回事？

當身子再度被拉起時，他看見布拉德憤怒的臉出現在面前。

「怎麼又是你……」這回又是哪裡惹到他了……？

布拉德沒有開口，咬牙切齒地瞪著福星，然後猛力朝他臉上揮了一拳。

好痛！一瞬間，福星感覺到自己的眼前閃起了好多光點。

原來眼冒金星是真的有這麼一回事……

剛才那一拳震得他頭痛欲裂，腦子裡嗡嗡作響，眼皮也重得幾乎要睜不開。

「別這樣！」珠月的聲音再度響起，聽起來好像快哭了。

福星感覺到布拉德的身體震了震。怎麼了？

用力撐開眼皮，布拉德的臉近在眼前。此時的他目光沒放在自己身上，而是轉向一旁的珠月。

那凶狠的目光裡，竟然出現了明顯的懊惱和羞窘。

——你是不是夾光了布拉德喜歡吃的菜呀？洛柯羅說過的話語忽地浮現。

啊！原來如此……原來，這就是布拉德討厭他的原因。

他夾了布拉德的菜……

不對，是布拉德以為他夾了他的菜。他什麼都沒做。

一記巨大的撞擊聲響起，福星聽見布拉德發出痛苦的悶哼聲。揪著福星的手忽然鬆開，他像條棉被一樣，癱回地面。

福星感覺一陣暈眩，沒有多餘的力氣將眼皮撐開。

好痛喔……

他實在太遲鈍了，怎麼沒想到這個原因，明明徵兆就很清楚……

布拉德喜歡珠月。

而他還很白目地和珠月天天一起行動。

真是個笨蛋啊……

意識逐漸回到肉體，光線透過眼皮，微微地刺激著視線。福星緩緩睜開眼，發現自己躺在陌生的房間裡。空氣裡飄散著的淡淡消毒藥水味告訴他，這裡是校內的醫療中心，位在主堡的南棟。

「你身上的皮肉傷已經處理好了。」穿著白長袍的醫生依帝斯，站在床旁解說，「雖然傷得不輕，但是那個狼人小子已經手下留情了。以他的實力，能一拳打爆你的頭。」

望向牆上的電子鐘，時間是隔天凌晨四點，也就是說，他已經昏睡了十個小時左右。福星看了看自己包著繃帶的手，然後摸了摸臉，感覺到一陣刺痛，但比預想中來得輕很多。

「有打麻藥嗎？」

「沒有。你的傷已經復原八成左右，剩下的兩成得靠你自己癒合。」

「這樣快？」他驚訝地開口，「是什麼特效藥，威力這麼強啊？」

「不是藥，而是布拉德的生命力。我們直接抽取他的能量轉移到你的身上，加速傷口治癒。」依帝斯勾起嘴角，「自己闖的禍自己負責，這很合理。」

依帝斯開了藥、交代醫囑之後，就讓福星離開了。

回到寢室時，翡翠和洛柯羅都坐在福星的房間裡等著。據說是他們特別叮嚀醫療中心，當福星離開時，就立即打寢室電話通知。

「你還好吧？」

「已經沒事了。」

「會痛的話，我有一些特效藥……」翡翠停頓了一下，接著略微彆扭地開口，「病患優待，免費。」

福星窩心地笑了笑，「謝謝你。」他轉移話題，「對了，布拉德後來怎樣？」他很好奇對方會受到什麼樣的處分。

「你昏倒沒多久，歌羅德和其他教授趕到現場壓制布拉德的力量。歌羅德唸了些咒語，布拉德手上的金環突然發光，延展出一層光膜，把他綑縛住。」

「是喔……」福星看了手上的指環一眼。沒想到小小的金環暗藏這麼多玄機。

「那個光膜很厲害呢！」洛柯羅補充道，「布拉德被包住後，沒多久就被迫變回獸形。」

「我猜那光膜會吸取生命力。」翡翠開口。

「那他後來怎樣了？」

「被關在禁閉室反省，不知道什麼時候能出來。禁閉室裡設有咒語，裡頭的人會被固定在半形化的狀態，身體很虛弱，無力反抗逃脫。」

「這樣啊……」聽起來頗難受的。

隔天早上，福星請了半天假，在寢室裡休息，直到下午的必修課才出現。班上有不少人對他表示關切，大部分的人都認為布拉德是自食惡果。

班會進行時，坐在角落沙發的獸人全都鬱鬱寡歡，漠然地參與會議，彷彿是被隔離的邊緣人一樣。布拉德常坐的沙發此時空著，令福星感到相當刺眼。

雖然布拉德害他受了傷，但是聽見對方的處境，卻又感到同情。

布拉德並不是毫無理由地討厭他，而是出於嫉妒。當然，並不是說出於嫉妒就能理所當然地攻擊人，但是對特殊生命體而言，他們很難表達自己的想法，更不懂得要如何正確的表現情緒。

布拉德喜歡珠月，但是不敢開口。雖然布拉德和獸人辣妹打情罵俏，但他猜想，布拉德是那種一旦面對真正喜歡的對象反而會卻步的人。像他這種軟弱又無力的小角色，卻能和珠月這麼親近，布拉德會生氣也是可想而知的。

他無法因為布拉德被處罰而感到開心，相反地，他的心情憂鬱了起來。

他不喜歡這樣！

說他偽善也好、虛偽也好，總之，他不希望看到有人因他受罰！

「抱歉！」福星打斷了開會，底下的人投以狐疑的眼光。「嗯，我覺得……班會還是要全班都到齊了再討論……今天就到這邊吧。大家可以留下來討論，我得先離開了！」

福星衝下臺，然後拉著錯愕的珠月，一同奔往禁閉室。

禁閉室位在禁忌之塔裡，原本不准一般學生進入，幸好珠月有先見之明，先去找歌羅德，取得通行許可證。

和上回一樣，福星一踏入禁忌之塔，一股異樣的感覺從腳底竄升。雖是以米白色磚石砌成的建築，但是冷肅的氣氛讓人有種進入死刑場的感覺。

學生禁閉室被設在二樓。狹長的走道兩旁，立著一扇一扇的門，室內無窗，只靠著昏黃的燈泡照明。

「布拉德在209號房。妳在這附近等一下，我和布拉德談一下，等會兒再請妳進來。」福星站在走廊上，對著珠月交代。

「我也想進去。」

「不用擔心，這裡很安全。」被人關心的感覺真好。

「呃，我知道……」珠月沉默一陣，輕嘆了聲，「我只是想看美少年被囚禁的畫面……」

「抱歉，妳說什麼？」

「沒什麼。」珠月揚起溫和的笑容，「我在這裡等，你自己小心喔，福星。」

福星走向長廊，來到了布拉德的禁閉室前，敲了兩下門，沒人回應。於是他拿起歌羅德給的通行證，貼向門板上的咒牌。牌上的符紋漾起了一陣紅光後，傳來一聲解鎖聲。

「嗯，抱歉！打擾了！」他緩緩地推開門，進入房中。

房間很窄，比外頭更陰暗，除了一張矮桌外沒有任何擺設。空蕩蕩的地面上，被暗紅色的符紋法陣給占滿。半獸化的布拉德正坐在魔法陣中央。

此時的布拉德，擁有人類的形體，但是四肢化成獸爪，並且被深灰色的毛給覆蓋。布拉德的臉並無變化，只是看起來相當憔悴，而他的頭上，竟多了兩隻毛茸茸的狼耳。

「呃，晚安，布拉德……」

「你來做什麼？」布拉德陰狠地瞪著來者。

「我、我是來……」

「來報復？」布拉德輕哼了一聲，「看來你比我想像中來得帶種。」

「不是！」他才沒這麼暴力！「我只是想和你談談。」

「沒什麼好談的。」

「我們之間有些誤會，我認為有必要解開。」福星極盡誠懇地柔聲開口。

「不需要！」布拉德將頭撇開。「沒有什麼誤會，你少在那裡自以為是。」

「沒有喔？」福星不解地搔了搔頭。「我以為你喜歡珠月，看我和她走太近，所以吃醋……」

布拉德臉色漲紅，勃然大吼：「並沒有這回事！」

「是喔？」難道是他弄錯了？但是，布拉德的態度明顯就是在吃醋呀，怎麼——

啊！難道說……

一個連福星自己都覺得背脊發寒的念頭閃過。

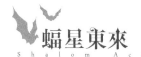

「呃，那個，有些狀況雖然不常見，但還是會發生，我可以理解……」

「你又在胡說什麼！」

「小時候我們全家去法國探望外公外婆，路途上，有漂亮的洋妞對我老爹拋媚眼。我媽的反應不是去痛揍那個女的一頓，而是順手把熱的大吉嶺紅茶往我爸大腿上倒……」

「你到底想說什麼！」

「布拉德，」福星凝重地望著對方，深吸了一口氣，「你生氣的原因，難道是為了我，所以吃珠月的醋？」噢，他真是罪人！

布拉德整個人差點往後倒，「你要什麼白痴啊！這種鳥事哪有可能發生！你是在羞辱我嗎?!」

「那到底是怎樣嘛！」真麻煩耶！「所以說，你喜歡的確實是珠月囉?」

「總之不會是你！」布拉德低吼一聲，猛地站起，但是立即無力地倒向一邊，只能扶著牆，勉強站立。「沒事的話就滾！」

「我說過了，我只是想和你談談。」看布拉德那虛弱的樣子，還是少去刺激他比較好。「我和珠月只是朋友，我和她的關係就像她和班上其他同學一樣，並沒有任何特別的情感在裡頭。」

布拉德冷冷地瞪著福星，不發一語。

雖不知道對方有沒有把話聽進去，但福星繼續開口。「況且，想也知道，像珠月這麼好的女孩，怎麼可能會看上我嘛。」

福星乾笑了兩聲，看了看一臉嚴肅的布拉德，輕嘆了口氣，「我根本構不成任何威脅，你的反應太過激烈了。」

「但是她和你特別好……」

福星愣了愣。布拉德說話了?他願意和我談話了?

「大概是因為我比較弱小，所以讓人覺得容易親近吧。」

布拉德沒有回應，但是原本緊繃的表情此時放鬆了許多。

「像你這種又帥又強的狼人，雖然很吸引人，但有時候可能會給人高不可攀的距離感。」福星狗腿地加了一句。

「這倒是很中肯。」布拉德點點頭，看來似乎很認同對方的話。

福星在心裡暗自竊喜。

特殊生命體的思維模式雖然和人類不同，但是一旦掌握了訣竅，就非常容易溝通，甚至比人類單純許多。

「嗯，你能了解真是太好了。」他如釋重負地鬆了口氣。「對了，我剛去問過歌羅德了，他說你明天早上就可以回去。」

布拉德盯著福星，片刻，緩緩開口，「歌羅德已經在我身上下了禁令，以後我要是再對你出手的話，就會受到嚴厲的處刑。你已經安全了，為什麼還要過來找我說這些話？」

被布拉德這麼一問，福星呆愣了片刻，「如果你是別班的人，我或許不會理你。但是畢竟都在同一個班上，還要相處兩年，我覺得關係能和諧一點比較好。」

布拉德不語，靜靜地看著福星，「你真是個怪人……」

福星揚起嘴角，「不對，我是蝙蝠精。」

布拉德輕哼了一聲，「隨你便。」

「嗯哼，那麼，我的部分就到此結束。」福星清了清喉嚨，退後一步，「接下來要換另一個人出場啦。」

「誰？」

「珠月。我找她一起來看你。」

布拉德冷漠的表情立即轉為驚惶，「她來了?!」

福星露出一抹賊笑，「你不是很想見她？」

「但、但是——」布拉德手忙腳亂，看起來十分慌忙，「但是我這個樣子，這麼狼狽……」

哎唷哎唷！硬漢布拉德在害羞了喔！

「放心，珠月很有愛心的，說不定她會心疼地抱著你安慰呢。」福星將頭探出房門，對著走廊彼端開口，「珠月，可以進——」

「慢著！等一下——」布拉德衝過去，拉住福星的手，將他拉回。

被這麼突然一扯，福星反應不及，順勢跌了過去。而布拉德的體力被剝奪了大半，此時的他並無法承受一個人的重量。兩道人影就像骨牌一樣，一同往地面栽下。

「砰！」

好、好痛喔……這一跤摔得可不輕……

「福星，你叫我嗎——你們在做什麼?!」

福星還來不及起身，珠月的驚呼聲從門扉邊傳來。

怎、怎麼了？珠月為何驚叫？發生什麼事了？另外，為何他身下這塊地板這麼溫暖……

福星雙手貼著地，緩緩地將頭撐起。映入他眼中的是布拉德驚怒交加的臉。

「呃！布拉德！」

福星這才看清了自己的處境。此時的他和布拉德兩人正躺在地上，並且，他的整個身子壓在布拉德的上方貼靠著對方，十分尷尬的姿勢。更尷尬的是，他的雙手正好貼在布拉德的胸膛上。

啊啊！真要命！

福星趕緊起身，「珠、珠月，這是誤會！妳別想歪！」

珠月的表情變得很詭異，看起來是極力保持冷靜，但右嘴角卻掛著彷彿出於狂喜的扭曲。

「沒關係，你和布拉德慢慢聊。」她停頓了一下，「我會支持你們的。」語畢，頭也不回地奔離禁閉室。

「珠月！」

「賀．福．星！」布拉德惱怒的聲音響起，「你這個白痴！」

「是你拉住我的耶！」又不是他的錯！

「閉嘴！」布拉德猛地朝福星揮掌，兩隻狼爪「啪噠啪噠」地打在他的身上。

雖然連拳的氣勢很強，但狼爪下軟軟的肉墊拍敲著肩，感覺非常舒服。

福星沒好氣地開口，「別拍了啦，你的小肉掌打人一點也不痛。」

對了，說到肉掌……

「你這裡有白紙嗎？可不可以給我一個掌印？」差點忘了重要的事。

反正都來了，就順道完成任務吧！一舉兩得。

「哼！」布拉德瞪了福星一眼，走向角落。

那裡有一張矮桌，上面放了幾張寫悔過書剩下的白紙。布拉德拿起插著沾水筆的墨瓶，灑了一些墨水在掌上，然後重重地拍向桌面上的紙張，留下一個蒼勁豪邁的掌印。

「謝謝！」福星拿著紙，放在面前端詳，彷彿在欣賞什麼墨寶似的。

「沒事就快滾！」

「我會和珠月解釋清楚的。你既然喜歡珠月，可以主動一點，老待在一邊觀看並沒有用，我會盡量幫你的。」福星退出房門，「下星期見！別忘了交分工問卷表喔，我會送一份到你房間，記得下次開會要帶呀。」

布拉德沒回頭，冷冷地哼了聲。

福星不以為意，笑了笑，關上房門，離開禁忌之塔。

福星去探訪布拉德的事，在班上傳開了。

大部分的人對他的舉動感到訝異，但幸好反應還算中性。有的人不理解福星的作為，像洛柯羅，但他們並不會因不理解而產生排斥。這和人類不太一樣，人類常會因對某事不理解而激烈地批判。

特殊生命體很尊重他人的決定，有時候會給人漠不關心的感覺，相處久了，反而覺得很自在。

週五的班會課挪到週一的晚餐時間進行。六點一到，同學紛紛進入教室。這次，全班到齊。布拉德在獸人的簇擁下走入教室，看起來和以往一樣，帶著自負的笑容和同伴們說笑。

這次班會進行得很順利，不少人直接對關卡的內容提出想法。大多數人認為，幻術和迷魂交替使用製造幻象，會比親自裝扮成某種東西來得有效，而且準備起來也更加省事。

C班的關卡雖然走的是生活路線，但是有很多誤導的陷阱。比方說，用迷魂讓某個隊員隱身，再用幻術變出一模一樣的分身，讓分身攻擊其他隊友。當每個人開始向那名分身展開攻擊後，分身再裝死，這時候再用幻術變出教授，嚇他們個措手不及。

另外還有用巫咒控制隊伍的行動，讓敵方隊員突然對自己的隊友發情，做出瘋狂求愛舉動；製作假的道路，讓人跑離主道。

與其說是關卡，不如說像個劇本。

兩個小時很快就過去了，福星站在臺前一邊翻閱著紀錄，一邊整理著文件。忽地一張紙猛然塞入他面前，擱放在記錄簿的內頁上方。

抬起頭，只見布拉德正一臉高傲地站在前方。

「布拉德？」

「東西已經交給你了，以後沒事別跑來我房間煩我。」布拉德自負地冷哼了聲，然後轉身，「別忘了你上次說過的話。」語畢，率性地離開。

福星低下頭，看清楚對方究竟塞了什麼東西過來後，忍不住揚起深深的笑意。

是分工問卷表。布拉德很豪邁地在「闖關組」的空格上打了個大勾，然後簽了個大大的名字在上面。

望著布拉德挺拔的背影，福星心裡頓時有所感悟——

布拉德，原來你才是道地的傲嬌系……

不過，「上次說過的話」是指什麼啊？

週三傍晚的課後，福星和翡翠、洛柯羅、珠月四人一同前往餐廳用餐。

同樣挑食的福星和洛柯羅，總是到自助餐區裝菜，揀選自己喜歡的食物。而珠月和翡翠則是前往櫃檯點選套餐。

福星見獵心喜地將炸雞和燉肉夾到盤裡，洛柯羅選了一堆介於點心和正餐的食物。

「洛柯羅，你太挑食了喔，怎麼都選澱粉類的東西？」福星忍不住叮嚀。

「福星還不是一樣，只夾肉。」

「至少這是正餐。」

福星繼續自己的腳步，準備前往下一個擺置區時，一道高壯的人影擠到他面前，擋住了去路，「布拉德？」

布拉德端著餐盤，假裝在看菜色，然後壓低聲音開口：「別忘了上回你說的話。」

「呃？什麼？」

「我等會兒過去找你。」布拉德語畢，迅速地離開現場。

「福星，布拉德和你說什麼？」洛柯羅問道。

「他好像要找我。」等會兒是等多久？吃完飯後嗎？

「要做什麼啊？」

「我不知道。」總之，不會是壞事。因為他和布拉德之間的誤會已經解開了。

回位時，洛柯羅盤裡的麵包和甜點疊得像小山一樣，而福星的餐盤裡則是一堆的肉。

「珠月，這幾天過得怎樣？」福星一邊吃，一邊詢問坐在對面的珠月。

「很好啊？怎麼了？」

「有沒有人去找妳？或者是送妳東西？」他很好奇那天之後，布拉德對珠月的態度是否更積極。

「沒有耶。為什麼要這樣問？」

「呃，沒事。只是有點好奇，哈哈哈。」

一陣腳步聲忽地靠近，下一刻，福星的位置被陰影籠罩。他抬起頭，只見布拉德端著餐盤，站在他身邊。

「布拉德？」

「我可以坐這邊嗎？」布拉德僵硬地開口，他的表情很嚴肅，彷彿上戰場前的武將。

「旁邊還有很多空位。」翡翠警戒地看著對方，擔心布拉德想對福星不利。

「我並沒有問你。」布拉德冷冷地瞪了翡翠一眼，然後將目光轉向福星，用力朝他使了個眼色。

「呃！沒關係啦！是我找他來的！」福星趕緊打圓場，「布拉德有事要和我討論，反正人多一點才熱鬧嘛。哈哈哈，布拉德，坐啊，坐啊！」

布拉德點點頭，然後坐入福星身邊的空位，接著不發一語，自行低頭用餐。福星不知道該做何反應，便也低下頭吃飯。

就這樣靜靜地吃了五分鐘左右，餐桌上無人發言。氣氛變得很是詭異。

翡翠對福星投了個疑問的表情，珠月看起來則是有點困惑。

拜託，別看他！他也想知道現在是什麼狀況！

片刻，他感覺到身旁的布拉德用手肘碰了碰他，抬起頭，只見對方正怒瞪著自己，然後很用力地眨了眨眼。

「布拉德，你眼睛痛嗎？」

「沒有！」布拉德皺起眉，惱怒地低語：「原來你在人類社會那堂課的傑出表現是騙人的。」

人類社會？啊！他想起來了！

上回的課程裡，教到肢體語言這個部分。

有時候，人類會以眨眼表達一種暗示，可能是當下無法明說的感想或心情。派利斯是這樣講的。

想到布拉德方才擠眉弄眼的怪樣，福星忍不住嗤笑出聲。

「福星，怎麼了？」洛柯羅好奇地看著他，同桌的另外兩人則是投以疑惑的眼神。

福星趕緊掩飾，「啊啊！咳咳，我被嗆到了！咳咳！嗯，布拉德，可以陪我去倒杯水嗎？咳咳咳，我怕我會半途氣喘發作暈倒！咳咳——」

噢，他的演技一定很糟，因為連洛柯羅都露出了錯愕的表情。

布拉德點點頭，然後起身，跟著福星離開座位。

兩人來到較少人經過的角落，布拉德立即開口，「你不打算履行自己的諾言，是嗎？」

「呃，什麼？」

布拉德怒瞪福星一眼，「珠月的事，你說你會幫忙。」

啊！原來是指這個！「我會啊。」

布拉德憤怒地雙手環胸，「我剛才一直給你暗示，但你卻什麼也沒做。」

「你又不講清楚啊！你的暗示弄得像顏面神經失調患者，我哪看得懂！」口裡雖然是這樣吐槽，但心裡卻喜孜孜的。布拉德願意找他幫忙，表示他信任自己。

「少囉嗦！」

「好啦，好啦。我會幫你的，別擔心。」福星揮了揮手，意示對方放心，「等一下我會幫你製造聊天的機會，你自己看著辦吧。」

布拉德滿意地點點頭，兩人一同回到座位。

「呼！好險，剛才差點嗆死，幸好有布拉德幫忙！」福星故作開朗地說著，「真是個心地善良的好人！對吧，珠月。」

珠月困惑看了看福星，又看了看布拉德，最後揚起微笑，「嗯，是啊。」

「但是他之前把你打個半死。」翡翠不以為然地開口，「你的肋骨斷了兩根，顴骨還骨折呢。」

福星瞪了翡翠一眼。這個精靈說話一點也不會看場合！

「那是之前有些誤會啦！哈哈哈，過去的事就別再提了，是吧，布拉德。」

「是。」布拉德嚴肅地開口。

「嗯，珠月，最近過得怎樣？有沒有欠缺什麼物品，或者是想要的東西呀？」福星對布拉德使了眼色，要他記住珠月講的話，之後可以做為送禮物的參考。

珠月偏頭想了想，「沒有特別缺少什麼。不過，我是有點想升級我的電腦，另外想加裝一臺視訊攝影機。」

呃，珠月，等級太高了吧。

「嗯，還有其他想要的東西嗎？」

「我想要黃金。」翡翠開口。

「我想要松露巧克力。」洛柯羅也來湊一腳。

「這樣喔。」沒人問你們！「珠月，妳喜歡花嗎？或者是布偶？」

「我喜歡花卉，地面上的花卉種類又多又漂亮，不像海底，只有熱帶海域的珊瑚群顏色比較豐富。」珠月笑著回答。

「我喜歡花生。」

「我喜歡花錢。」

翡翠和洛柯羅再度插嘴。

「這樣喔。」福星轉向布拉德，「布拉德的家鄉有什麼花卉呢？」

珠月的目光順著話題，充滿期待地望向布拉德。

布拉德的身體整個繃緊，「我沒有特別注意……」他低沉地回應。

這個笨狼人！幹嘛這麼老實啊！

「布拉德的家鄉是什麼樣子？」珠月開口詢問。

布拉德沉默了片刻，然後開口，「那裡是一整片無邊無際的草原，很空曠。春天時我們會在翠綠色的草地上追逐、狩獵，早期的草原上有很多野牛，遠遠望去，一群一群的黑點十分醒目；冬天經常下雪，雖然很冷，但是我喜歡在雪地裡奔跑的感覺。」

珠月似乎很感興趣，接著開口，「還有呢？」

「沒了。」

福星沒好氣地看了布拉德一眼。「呃，嗯。珠月，妳點的是什麼呀？」唉，看來又輪到他出場了。

「是海鮮特餐。」

「喔！我看到蟹螯了！感覺很好吃！」

「味道很不錯喔。」珠月笑了笑，然後輕輕捏起殼剝到一半的蟹腳，「要嘗嘗味道嗎？如果你不介意我咬了一口的話。」

「噢，不用了。」福星心生一計，「布拉德住在草原，應該很少吃到海鮮吧！要不要嘗嘗看呢？」

哼哼！快點感謝他吧！看他製造了多好的機會！是間接接吻啊！一下子把進度超前了好幾百公尺呢！

珠月望向布拉德，好奇地望著他。

「嗯，我……」布拉德回答得有點猶豫。

「難道你介意珠月吃過？」

「當然不是！」布拉德嚴正地開口，然後立即接下蟹腳，「謝謝。」

珠月笑了笑，「不客氣。」

「呵呵呵，快吃啊！布拉德。」福星在一旁鼓譟催促。

布拉德遲疑地看著蟹腳，深吸一口氣，然後用力將蟹腳折成一半，直接丟進嘴裡。他用力地咀嚼，坐在一旁的福星都聽得見「喀啦喀啦」的聲音。

這傢伙也太猴急了吧……

只見咀嚼聲停止，布拉德將嘴裡的東西嚥下。瞬間，他的表情變得很難看。

「布拉德？」

布拉德忽地站起身，「抱歉，我有事，得先走了。」

他迅速地拎起背包，在跨離餐桌時，停頓了一下，對著珠月開口：「謝謝妳的招待。」語畢，快速地奔離現場。

這傢伙發什麼瘋啊？望著布拉德的背影，福星感到一陣莫名其妙。

「我記得……狼人對甲殼類的海鮮過敏。」翡翠幽幽地開口，「你剛是在報復嗎？福星，這招夠狠。」

「什麼！」他不知道啊！

布拉德其實可以拒絕的，但沒想到他對珠月的愛如此深，即使拉肚子，也要吃下那隻蟹腳……

布拉德，你真是個純情的男子漢。

Chapter07

節能環保，醫療資源再利用

回到寢室之後，福星趕緊去探望布拉德。但是他的室友說，布拉德一回到寢室就一直待在廁所裡。因此，福星稍晚時再去了一次。

門扉打開後，只見布拉德兩頰瘦削、臉色慘白，皮膚上帶著一小塊一小塊的紅疹，最嚴重的是嘴唇，腫得像兩條香腸似的。

噢，真糟糕……

福星不斷道歉，布拉德雖然斥責了他一頓，但是看起來不怎麼生氣。聽說珠月在方才也打了寢室電話來慰問，或許這就是他心情好的原因。

「下次要注意！」

「是是是！」

「我要休息了。別吵我。」

「請多保重！」福星邊道歉邊退出房間。在關上房門的那一刻，他聽見細小的低語。

「今天……謝了。」

福星愣了愣，然後揚起嘴角，「不客氣。」

接下來的日子，時間似乎被快轉了一般，一下子就飛躍過去。萬聖節近在眼前，不只新生為了準備試煉而忙碌，整個學園上上下下都為這即將到來的活動而雀躍不已。對於夏洛姆的非新生而言，萬聖節活動彷彿是一年一度的盛大「表演」。

週五的空堂時間，福星忙裡偷閒，前往主堡附近的草坪。當他到達時，悠猊已經坐在那裡，一如往常地看著書。

「最近過得超忙的，而且發生了很多事。不過，幸好都順利進行。」福星迫不及待地把過去一週發生的事和悠猊分享。

「布拉德傷害了你，你卻對他這麼好。」悠猊笑了笑，「這樣會吃虧的。」

「還好啦。反正又沒什麼損失。」他搔了搔頭。

悠猊笑著開口，「你可以利用這點，要求他做你希望的事。」

「呃。這樣不好吧……」

「你太單純了。」悠猊的臉上仍然掛著笑容，語氣卻變得有點嚴肅，「一味的愚善，只會變得軟弱……」

「什麼？」

「沒什麼。」悠猊繼續開口，「我只是覺得，你對人的態度可以更直接一點，這樣會更容易達成想要的目的。」

「不一定吧。像我和布拉德談完的隔天，他就自動交出問卷了呢！」

悠猊挑了挑眉，然後輕笑了聲，「原來可以這樣……」

「怎樣？」雖然認識悠猊一陣子了，但對方有時會說些他聽不懂的話。不過特殊生命體的個性本來就和一般人不太一樣，沒什麼好在意的。

「沒什麼。」悠猊笑得很開心，好像發現了什麼新奇的事物一樣。「你這樣很好，繼續保持。」

「喔。」

「那麼，最近還遇到什麼麻煩的事嗎？比方說新的使令或測驗？」

「沒有耶。」福星偏頭想了想，「只是，我到現在還是不知道要怎樣和理昂相處。我們是室友，但是他總是經常外出，還對我冷言冷語的。嗯，他的個性本來就是這樣，或許是我要求太多了。」

「你想和他成為朋友嗎？」

「如果可以的話當然好啦！」

「是嗎？」悠猊站起身，拍了拍褲管，「我得走了。」

「喔，再見。」福星已經習慣悠猊的來去如風，招了招手向對方道別。

「記住，繼續維持你的單純。」悠猊笑著留下這句話之後，頭也不回地離開了。

距離萬聖節還有一個星期。傍晚的班會裡，一C已經將動線大致規劃，重要的機關也安排好，分派給小組各自分工進行。整個工作已經完成八成左右，全班的人都投入其中，除了一個人以外——理昂。

理昂選的課很少，除了共同必修課，其他時間都遇不到他。況且，就算是必修課，理昂也經常缺席，班會時間更總是不來。即便是同寢的福星，也因為作息時間和理昂不同，幾乎沒有時間和對方互動。

連著兩天的假日，理昂依舊不見人影。

福星問了同班的闇血族成員，沒人知道他的行蹤。到底是在做什麼大事業啊？這麼神祕。看著分工表上的空缺，他嘆了口氣。

週末，福星和翡翠等人聚在一起討論關卡設置，其餘時間則是待在班教室，協助班上小組的進展。兩天的時間一下子就過去了。

就在星期一的清晨時分，寢室的客廳傳來不尋常的聲響，將福星從睡夢中喚醒。

福星看向鬧鐘，早晨四點左右，夜晚與白晝的交界時刻，窗外的雲層隱隱透出微弱的光。

……是理昂嗎？

碰撞聲再度從客廳響起，福星揉了揉眼，起身走出床區。

昏暗的客廳，所有物品都難以辨識。福星摸著黑，尋找電燈開關，就在靠近牆的位置，他踢到了個柔軟的東西，一陣低沉的呻吟隨之響起。

「是誰！什麼東西?!」他慌亂地伸手在牆面摸索，找到了突起的開關，然後按下。

當光亮充滿室內時，福星看清了聲音的來源，也就是他踢到的東西。

那是他的室友理昂。

他和平時一樣，一臉嚴肅冷漠，只是那平日挺拔的身軀，此刻卻像斷線的人偶般癱在地面。

福星驚慌地跳開，光裸的腳卻踩到一灘殷紅，濕黏的感覺從腳底傳來。

那是……理昂的血！

發生什麼事了？

他蹲下，輕輕地推了推理昂。幸好，對方還有心跳，只是呼吸的頻率非常急促紊亂。

「你還好吧！」

理昂緊閉著眼，額角滲著汗，發出細小的呻吟聲。

「撐著點，我去找老師！」福星立即起身，正要跨步時，一陣力道圈住了他的腳踝。

「理昂？」福星回頭，只見理昂緊緊地抓住他的腳。

「不要……告訴別人……」理昂吃力地開口，此時，他的瞳仁變成了血一般的殷紅色。

「但是你傷得很重！」

「不要告訴別人！」理昂厲聲吼出這句話，隨即痛得倒回地面喘氣，「我的傷口會自行復原……」

「那我該怎麼做？」

「什麼都不用做，你幫不上忙……」理昂咳了一陣，嘴角溢出了鮮血，「回你的床區，做你自己的事，不用管我……」

福星盯著理昂。那孤高的闇血族，即使身受重傷，卻依然維持著高傲的姿態，固執地死守住自己的尊嚴。

令人敬佩，但也很蠢。

福星遲疑了一會兒，接著下定決心，深吸了一口氣，蹲下身，將理昂的手搭到自己肩上，「我扶你到床上休息。」

「不需要！」

「要是你死了的話怎麼辦？我才不會眼睜睜地讓自己的寢室變凶宅咧！」福星咬牙，壯起膽子大聲反駁。反正理昂身受重傷無法反擊，現在這個寢室由他作主！

福星緩緩地起身，將理昂的身體撐起，然後半扛半拖地將對方扶入床區。過程中，理昂緊抿著雙唇，不發一語。這並不代表理昂認可了福星的舉動，而是在忍耐移動時傷口傳來的疼痛。

當理昂躺入床中時，重重地吐了一口氣。

「你需要治療。」福星看著一路走來滴在地面的血漬，認真地開口，「到底是怎麼弄的？」

「不干你的事。」

「那我找老師好了。」要比任性的話他可是不會輸的。

「你要找人來的話也可以……但在那之前，我會離開這裡……」理昂惡狠狠地威脅。

福星沒好氣地搖了搖頭，「真是愛給人添麻煩……」

他離開理昂的床區。五分鐘之後，帶著藥箱和水盆，重返原位。

「你又進來做什麼！」

「幫你治療呀！」這麼凶幹嘛！和布拉德越來越像了！

福星拿起剪刀，走向理昂，把那沾滿血的衣服剪開。布條掀開後，只見一道深深的傷口，從胸前劃至腰際。

嘖嘖……真的很嚴重。都受這麼重的傷，還想硬撐。

「你別亂來……」理昂瞪著福星，無力地警告。

「放心，這個藥箱是醫療中心給我的。」福星打開藥箱，將裡頭的藥一罐一罐拿出來觀看上頭的標示，「幸虧布拉德上回把我打到住院，護士擔心類似的狀況會再發生，便直接給我一個藥箱，讓我方便自己治療，現在剛好給你用。這些都是醫療中心調製的特效藥，效果很好。」

「我的事不用你管……」

「有辦法的話就阻止我啊。」仗著理昂受傷無力反擊，福星說話比平常囂張了許多，儼然有種藉機報復的意味。

福星照著藥箱裡的說明書，將外傷的藥劑一層一層地塗上，最後蓋上紗布，將傷口包紮。

「我只能做到這樣。如果你願意去看醫生的話，應該很快就能復原。」福星將藥箱收好，然後把破碎的髒衣服清掉，「自己多保重吧。」

將物品收拾好後，福星準備出門。當他轉開門把時，理昂的質問聲同時響起。

「你要去哪裡？」

福星回頭望向理昂的床區，只見對方躺在床上，嚴厲地瞪著他。

「放心，我不會說出去的。你自己多保重吧。」

他已經做完自己該做的事，理昂要是仍然不信任他，那也沒辦法了。

早上的討論結束後，福星提早前往餐廳，迅速地吃完午餐。離開時，順手外帶了兩份燉牛肉套餐。

提著餐盒，抱著忐忑不安的心情回到寢室，一方面是擔心固執的理昂趁自己不在便離開寢室，另一方面則是擔心對方回復體力後，和他算早上的帳。

早知道就先餵理昂一罐安眠藥……

然而，出乎意料的，理昂仍在房裡，而且靜靜地躺在床上沉睡。

福星悄悄地走到他的床區，把餐盒放在他的書桌上，然後留了張紙條，便匆匆地離開房間。

理昂寧可忍著傷痛也不希望他說出去，顯然肇事的原因非同小可，甚至可能超出校規的底限。

這種狀況的正確處理方式應該是通知教授，但福星可以猜想得到結果會是如何：理昂被帶走，得到良好的治療，接著被懲處，然後再也不會回到寢室，甚至不會出現在班上。

這種結局實在太爛。只有心理扭曲的抓耙仔會覺得爽快。

趁著午間空堂，福星跑向主堡附近的草坪，想找悠猊協助，可惜悠猊不在。

等下午的課結束，福星找了個藉口，推辭了和翡翠他們一同用餐，獨自打包了三份餐點回寢室。

不知道理昂醒了沒……

打開房門，房裡的燈亮著，他走向理昂的床區。

床上空盪盪的，不見人影。

「混帳！」傷還沒好就亂跑，這麼不信任他嗎！

「你是在說我嗎？」低沉的聲音響起。

福星回頭，只見理昂站在身後，頭髮正滴著水滴。

「你在洗澡？」

「嗯。」

「傷口碰到水沒關係嗎？」

「表皮已經癒合得差不多了，只剩裡頭肌肉的組織還沒康復。」理昂盯著福星片刻，淡然地開口，「你的藥很有用……」

「這樣啊。」福星鬆了口氣。眼角的餘光瞄到理昂書桌旁的垃圾筒裡，丟了兩個空了的餐盒。

理昂吃了他準備的午餐！心中突然有種微妙的喜悅，彷彿桀驁的野獸被馴服的感覺。

「肚子餓嗎？我帶了晚餐回來喔！」福星把飯盒堆放在理昂的桌上，「我看書上說，牛肉對闇血族而言具有高營養價值，所以又幫你點了牛肉套餐，不喜歡吃的話就將就一下吧。我沒把你的事說出去，你可以放心休息。」

說完福星便轉身，準備回自己的床區邊看雜誌邊吃飯。

「你想換取什麼報酬？」理昂忽地開口。

「什麼？」他回頭，只見理昂用深沉的目光望著自己，好似在審視嫌疑犯的法官。「我這麼做又不是為了得到酬勞。」

「你並沒有照顧我的義務，何必對我這麼好？」

「喔，我也沒有不照顧你的義務吧。」福星聳了聳肩，「我沒那麼偉大。如果你不是我的室友，我會直接叫教授來把你帶走，根本懶得管你。」

「你到底有什麼目的？」理昂嚴厲地瞪著福星。

這人真是小心眼！以小人之心度君子之腹！

「這也是我的房間耶！如果有野狗跑進來在你的床區拉屎，雖然不是弄髒我的領域，我也會覺得不爽！你半死不活地躺在地上，弄得到處都是血，我能不管嗎？」福星側過身，一手指著客廳地面，「吶吶！看到沒，地毯上都是你的血，等你復原後自己清乾淨！」

「你可以找教授來處理，不需要包庇我。」

「喂！是你叫我不准告訴別人的耶！」莫名其妙！

「你為何照做？」理昂狐疑地開口，「如果我是因為在外頭犯罪而受傷，包庇我的人，可是會被當成同夥處分。」

「這樣說是很有道理啦。」福星搔了搔頭，「但是我覺得你不會做出傷天害理的事。」

「憑什麼這麼肯定？」

「我一開學說了那麼白目的話，你都沒和我計較了，加上班上的闇血族都很尊敬你，所以我相信你不是壞人。」

理昂望著福星，沉默不語。

「你先吃晚餐吧，等會兒我幫你上藥包紮。」

理昂的眼神很複雜，讓福星覺得有點尷尬。

「你的想法太過天真。」理昂悠悠地開口，「這樣會讓你陷入險境。」

「我沒想那麼多，那樣很麻煩。」他只管得了眼前的事，很少評估接下來的發展。

「謝謝。」

福星愣愣在原地。理昂在向他道謝？

無視於福星的反應，理昂逕自走向書桌，自顧自地吃起晚餐。

福星回過神，臉上漾起淺笑，帶著自己的晚餐回到床區。

噢噢，又是一個傲嬌系啊……

用完餐後，福星幫理昂重新敷藥，包紮傷口。早晨時還血肉模糊的創口，此時已經閉合了許多，凝固的血和殘留的藥堵在傷口上，形成了一層保護膜。

「這是刀傷嗎？」看著那筆直俐落的裂痕，福星隨口發問，「你和人決鬥喔？」

闇血族在劍術方面的造詣之高，在特殊生命體裡相當出名。他們不像其他種族一樣擁有利爪或是其他具有攻擊力的器官，所以對兵器十分熟稔。

「是復仇。」

「對手是同族的人？」

「不，是人類。」

福星停頓了片刻，遲疑地開口，「是……白三角？」

理昂低頭看向福星，沒有直接回答，但答案是肯定的。

福星想起課堂間教授說過的話：白三角是特殊生命體給的稱呼，它是一個由人類組成的團體，正式的名稱是「淨世法庭」，成員自稱為淨化者。他們的成立宗旨是除去世界上的不潔之物，使之回復純淨之態。

「呃，所以說，夏洛姆附近有淨化者？」

「沒有。我還在追查他們的下落。上週五我去了奧地利，聽說那裡有淨化者出沒。」

「那你這傷是？」

「學園禁止學生任意離開國界，所以我是暗地裡離開學校的。前一陣子我在禁忌之塔附近發現有個空間缺口，那裡的防禦系統有漏洞，我一向從那裡進出。」理昂低頭看著腹部的傷口，「原本都沒事，但這次回來卻突然被咒語攻擊。」

「是喔？」福星點點頭，「既然如此，為什麼你要來夏洛姆呢？在外頭獨自行動不是比較方便？」

「因為夏洛姆裡有很多資訊。」理昂將目光移向書櫃，上頭塞滿了書，「在這裡可以學到更多東西，讓自己更強大。另外，在學校裡也可以交換到不少訊息。」

「你入學的理由，只是為了充實自己復仇的能力？」

理昂停頓了一秒，然後點點頭。

「這樣啊……」福星一時不知道該說什麼，沉默了片刻。

那麼殘酷冰冷的世界，離他認知的世界太遙遠。

「為什麼要告訴我這些？」福星好奇地詢問，「你不擔心我告訴別人嗎？」

「不會。」理昂穿上襯衫，「你是共犯，說出去對你也不利。」

「說得也是。」

收好藥箱，福星回到自己的床區。

知道了理昂的處境，原本的不滿頓時消散，取而代之的是同情。

如果他的家人被惡意殺害的話，或許他也會變得像理昂一樣孤僻冷漠吧……

Chapter08

萬聖試煉，百鬼夜行

SHALOM ACADEMY

週五的班會，是最後一次的討論。傍晚的共同課結束後，各班的統籌人在主堡集合，抽出闖關組的出隊順序，以及各班安設關卡的區段。

五個班代一一上前，福星站在中央，身旁站了個留著黑色長髮、戴著金框眼鏡的華人少女。看著她，福星想起了補習街的高中生。

當學務長喊出「B班」時，少女走向前，抽取序位。

福星略微詫異。原來她就是B班的班代！那個名叫小花的同鄉啊！他以為想出那種策略的人，外型會更武猛。

小花注意到福星的目光，淡淡地看了他一眼，然後面無表情地收回目光。態度冷漠這點，倒是和大部分的特殊生命體沒啥兩樣。

「出隊順序是第四。」回到班上後，福星對著班上的人宣布著詳細規則。「所有的攻擊都在主道上，關卡和攻擊都設在起點到禁忌之塔前的道路上。配置的區段也是第四段，靠近主堡中繼站附近。從專能教學大樓經過主堡連至禁忌之塔的這條主幹道將會半封閉，供我們布置關卡。下星期一到星期三，道路會完全封鎖，直到星期四萬聖節晚上開啟。」

底下的人開始鼓譟，每個人對即將到來的活動感到躍躍欲試。

福星等聲音稍微平息時，繼續開口：「嗯，不過，現在還有一個小問題要處理。」他不好意思地搔了搔頭，「關於闖關的隊伍，人數有限制，必須要有七人，我一開始沒注意到這一項，所以目前還差兩個。有人自願轉換組別嗎？」

臺下一陣騷動。大部分的人在分配工作時，就形成各自的小組，彼此都有了團隊意識和默契，要他們分開不太容易。

「沒有人的話，那麼……」那麼，他也不知道要怎麼辦了，總不能強迫別人吧。

「我可以。」低沉的嗓音劃破尷尬的寧靜。

福星順著聲源望去，「理昂?!」

「我還沒選組，所以無所謂。」理昂望著福星，漠然地低語：「這樣就不相欠了。」

「好的！」福星開心地將理昂的名字填在闖關組名單上。「那麼，還有人願意換組嗎？只剩一個人了！還是說，大家有沒有想推薦的人？」

話語方落，臺下的人幾乎有志一同地舉起手。

呃！這麼踴躍？

「難道大家心中已經有最佳人選？」

大家點了點頭，接著，舉著的拳頭伸出一指，全部對準了一個人——

「我？」福星愣在原地，「不會吧！我、我很弱的，我的運動神經很糟，沒辦法攻擊和防禦，到時候可能會扯大家的後腿……」

「放心，攻擊和防禦交給我們就好。」同是闖關者之一的翡翠，氣定神閒地開口：「你有其他任務要負責。」

「這個任務只有你能辦到。」同是闖關組的紅葉認真地說著：「其他人無法勝任。」

「呃，是什麼？」被大家這麼看重，福星心裡雖然暗爽，但還是有點不好意思。

「驚嚇。」

「啥?!」

「驚嚇反應也是評分項目之一，只靠我們的話很可能失掉這項分數。」丹絹冷靜地分析，「我們需要你負責受驚。」

什麼叫負責受驚！有夠難聽的！

「真的，福星，我們真的很難做出正確反應，思考那些事會讓我們分心。」紅葉繼續開口，「我們需要你。」

眾人以期待的目光聚在福星身上，等著他開口。

這、這要他如何反應……受人看重雖然很開心，但沒想到是負責這種事……

沉默了幾秒，福星嘆了口氣。

「你們都這麼說了，我怎麼可能拒絕。」他抬起頭，堅定地望向眾人。「C班不僅要贏，還要贏得漂亮！」

週六、週日兩天，主堡兩端的通道十分熱鬧，幾乎全體新生都出動前往布置關卡。試膽大會會場總長約一千八百公尺，每個班分配的區域是一百公尺，班與班之間間隔兩百公尺左右。在關卡設置期間，學生只能出現在屬於自己班級的區段裡，不能潛入其他區域打探，否則指環會發出警報，犯規的班級必須扣分。因此，大家只能繞遠路走支道，前往目的地。

出發的前一夜福星躺在床上，翻來覆去地睡不著。感覺像是明天要郊遊的小學生一樣，興奮得難以入眠。

「喂，理昂。」他知道理昂夜都是白天睡覺，便對著隔牆開口，「謝謝你加入。」

「這是說好的條件。」理昂停頓了片刻，「況且，順便練練自己的身手。」

「謝了。」福星躺在床上翻滾了一陣，繼續說道：「你的傷復原得怎樣？」

「沒問題了。」

「是喔。那，你什麼時候會再出去？」

「不確定。」

「我可以問你一個問題嗎？」

「嗯哼？」

「你復仇的原因是……莉雅？」

隔牆的另一端沉默了許久。當福星以為對方不打算回應時，理昂開口了。

「是。」

果然……

「她是你的姐姐還是妹妹？」

「妹妹。」

「你和她感情一定很好吧。」

「嗯……」理昂沉吟了一會兒，「莉雅喜歡看書，保全系統還沒那麼發達時，我常陪她潛入國家圖書館，看一整晚的書，直到黎明將近。」

喔，難怪上回在睡夢中會提到圖書館的事……

「你真是個好哥哥。」哪像芙清，只會損人！

「不再是了。」

「呃……」早知道就不要提起這個問題，搞得他也消沉了起來。

「明天的試煉加油喔。」福星隔著牆，對理昂打氣。「希望能玩得開心。」

加油喔，理昂。希望你能開心。

十月三十一日，萬聖節。這一天，校園裡瀰漫著一股異樣的氣息。其他年級的學生雖然沒有參加活動，但也對今年新生的表現感到好奇。

據說道路全程設有監視器，校內同步轉播活動實況。

翡翠從活動開始的前一週就開了賭局，聽說下注的人非常多，連教授也參了一腳。目前五個班級的賠率都差不多，最被看好的是號稱精英組的E班。

傍晚，夕日西沉。當橘色的晚霞轉為濃重的黑暗時，試膽大會正式開始。

闖關組的選手聚集在起點的專能教學大樓前廳。福星打量著四周，隊伍裡有女生的只有C班和B班，其他班的選手幾乎都是男性，光是看外表就給人威脅感，挑選的標準一目了然。

順帶一提，B班裡的女生隊員就是小花，瘦小的身影被夾在六個高大魁梧的男生中間，顯得非常醒目。

當在大樓前的掛鐘指針走向八的那一刻，學務長朗聲宣布：「活動開始！」

第一個出發的隊伍是D班。

D班的闖關組成員幾乎都是狼人，大概是覺得狼人跑得快又強壯。不過，這個試煉並不是光靠體力就能通過的。

四十分鐘後，遠方傳來細小的鐘鳴，在其他特殊生命體的耳裡，應該非常清晰。

「三十七分二十五。」奈德教授在評分表上計下時間。

約五分鐘左右，D班的隊伍返回起點。大部分成員身上掛彩，而且神情狼狽。

第二組出場的是A班。

福星在等待席坐立難安，不停東張西望。相較之下，其他隊友則顯得過分安逸——翡翠拿著計算機計算記錄簿上的賭金；理昂和芮秋靜靜地看著書；布拉德和負責打雜的學長閒聊，對方似乎也是狼人；紅葉則是媚態萬千地和別班的俊帥隊員搭訕；丹絹坐在位置上閉目養神。

早知道他也帶包零食和雜誌來打發時間，分散注意力。福星四處張望了一會兒，發現小花就坐在不遠處，她的隊友則是聚在另一頭聊天。

思考了片刻，他起身走向她身旁的空位。

「晚安啊，嘿嘿。」福星乾笑了幾聲，企圖表示友好。

「如果你是想來打探軍情的話，可以免了。我可以直接告訴你，B班沒有任何機關，全員以武力阻撓闖關者。」小花冷淡地開口。

「我不是要來打探軍情啦。」福星坐入她旁邊的空位，「聽說妳也是臺灣來的？」

「嗯。」

「我也是耶！我是住臺北市，妳呢？」

「侯硐。你到底想說什麼？」

「沒有啦，只是聽說有同鄉進了夏洛姆，所以想看看是什麼樣的人，只是之前一直沒機會和妳打招呼。」

「沒關係。」

「妳的領導方式很特別，」福星由衷讚賞，「要班上的人同心參與不太容易。」

「還好。」小花推了推眼鏡，「知道他們的祕密後，讓他們聽話並不難。」

「嗯？」這是什麼意思？

「那個狼人是你隊友？」小花朝福星身後望去，開口詢問。

「嗯，是啊。他叫布拉德。」

「那個在看書的闇血族，還有一直按計算機的精靈也是？」

「是的，他們是理昂和翡翠。另外一個閉著眼睛的是丹絹。」

小花盯著福星的隊友，一邊打量一邊點頭。

「怎麼了？」

「資質不錯。」她將目光移回福星，「如果不是有你，我會以為貴班是以外貌來挑選隊友。」

呃……這到底是在誇獎還是諷刺？

「我倒是認為根本沒挑選過。你覺得呢，迪恩？」

陌生的語調插入了福星和小花的對話，兩人回頭，只見E班的隊員高傲地站在走道上，蔑視著他們。

「或者是沒有選擇的必要，不管是誰出場，都註定失敗。」另一名E班的隊員接腔，「對吧，亞利克？」

福星忍不住反駁，「比賽還沒結束，又不一定是你們贏！」

「說出這種話，更顯現你的無知。」迪恩輕笑了聲，「呵，同病相憐的弱者。」

「你說什麼！」好討人厭的傢伙！

「陳述事實罷了。」

「滾開！」

迪恩和亞利克對看了一眼，然後笑著離開。

「怎麼會有這麼無聊的人！」福星義憤填膺地轉向小花，她從剛剛就一直低著頭不發一語，「妳難道不會生氣嗎？」

「嗯哼，好了。」小花抬起頭，這時福星才看清楚，原來她是在傳簡訊。「我已經交代守關組的人去餐廳提兩桶餿水回去。」

「做什麼？」

「請剛才那兩位大爺吃頓好料。」小花起身離開坐位，走向她的隊員討論事情。

……這個女生果然是狠角色。

鐘鳴聲再度響起。

「三十四分零一。」葛雷報出時間。

第三組出發的是E班。二十八分鐘後，鐘聲響起，過沒多久，E班隊員返回起點處。原本氣燄高漲、姿態傲慢的E班隊員，此時不僅神情狼狽，而且還帶著股酸腐的臭味。

當他們經過時，全都用凶狠的眼光瞪著福星，特別是迪恩和亞利克，彷彿恨不得把他撕碎一般。他們也用相同的目光瞪著小花，八成是在C班和B班的關卡被整慘了。

福星沒有太多的時間高興，因為，緊接著要出發的就是C班。

福星和理昂等人來到起點前，等待奈德發號施令。

「出發！」計時啟動的聲音響起，七個人一同跨離起點，朝著彼端疾奔。

前兩百公尺是間隔區，之後每關之間都會有等距的緩衝區段。

「第一區是D班。」福星邊跑邊說，「聽說是走鬼怪路線。大家小心幻術和陷阱。」

「聽起來不怎麼難。」布拉德笑道。

「別輕敵。」

片刻，標示領域的紅旗出現在路邊，越過紅旗，便是D班的領域。

刺耳的尖叫聲響起，眾人停下腳步，謹慎地打量著四方。尖叫聲驟然停止，周遭回復靜謐。片刻，幽微的腳步聲響起，緩慢靠近，但黑暗中，看不清對方的位置和外形。

「喂，福星。」

「幹嘛？」

「你去前面看看。」

「為什麼！」

「放心，我們會在後面保護你的。」芮秋拍了拍福星的肩。「你絕對不會有事。」

「希望如此。」福星嚥了口口水，轉身，慢慢地走向聲音的來源。

別怕、別怕……同隊的人這麼信任他，他不能讓他們失望。

提起腳，一步一步的走入黑暗深處。透過月光，他看見一個蒼白的身影，以詭譎的姿勢朝他靠近。而且隨著對方的動作，傳來一陣陣齒輪般的擦撞聲。到底是什麼……

當對方來到福星面前三公尺的距離時，他看清了來者的樣貌，並且出於本能地做出最原始的反應──

「啊啊啊啊啊！」

是個穿白衣的長髮女人！她臉色慘白，扭曲而擴張的五官彷彿五個黑洞，深深地嵌在臉皮上。當她看見福星，瞬間以爬蟲般的姿勢朝他奔去，身體關節發出「喀啦喀啦」的聲響。

福星趕緊折返，一邊跑一邊對著後方大吼，「這個是抄咒怨的！」

隊友在福星發出尖叫後奔來，朝後方的敵人發動攻擊。

「幹得好啊，福星。」

「哈哈！那個反應很棒！表情也很生動！」

「表情?!啊！」他突然想起，特殊生命體的五感比一般人強好幾倍。所以說，剛才他們早就看到過來的是什麼了，「你們是故意的！」

「當然，不然你就不會被嚇到啦。」翡翠悠哉開口，「等一下也麻煩你開路啦！」

「太過分了！」

女鬼被擊敗後，緊接著出場的是一大群殭屍軍團，身體破爛、眼神空洞的活死人，拿著利器朝他們逼近。

「這是幻術。裡頭只有五個人是實體假扮的。」紅葉輕笑了聲，「雕蟲小技。」

「確實如此。」丹絹贊同地開口，「但是，這也列入評分之中。」

「又輪到你了，福星。」布拉德輕鬆地抓起福星的肩，「上啊！」語畢，像是丟鉛球一樣，把他拋向那群腐屍之中。

「啊啊啊——」

混帳布拉德！他要向珠月說他壞話！

當福星快要墜落地面時，丹絹舉起手，拋出了一道銀絲。絲線像是有生命一樣，在空中迅速結成網，在著地前接住了福星。

驚魂未定地從地面爬起，才抬起頭，數名臉皮皺爛的殭屍立即將福星團團圍住。福星瞪大了眼，看著那流著爛膿鮮血的肢體占滿了他的視線。

「啊啊——」這是抄惡靈古堡！

「來了來了！」紅葉穿過人牆，來到福星身邊，「馬上結束。」

語畢，紅葉一彈指，熊熊的火燄猛然竄燃，下一秒，火燄和殭屍軍團一同消失，只剩下五個拿著長劍的殭屍站在場中。理昂和芮秋同時抽出刀，將對方一一擊退。

「還有嗎？快到盡頭了。」

「不知道。這裡的味道很怪。」

忽地，一股濃濃的汽油味傳來，緊接著，一枚插著火棒的玻璃瓶從暗處飛出，墜落地面後，順著地上的汽油迅速燃成一片火牆，阻擋他們的去路。同一時間，箭矢如雨絲一般，從兩邊射出。

「啊啊！」這個、這個是抄蓋達組織！

然而，箭矢在飛到某個距離後自動掉落。福星抬起頭，只見數道細絲從丹絹掌中延伸而出，在周圍織成了一道防護網。同一時間，紅葉矯捷地躍起，身後多出了一道影子。

「在炎狐面前玩火，太愚蠢了。」紅葉在空中旋身，長尾一甩，劃出了道完美的弧度，地面上的火燄，像是落葉一樣，全被捲入尾巴之中，「行了。」

「繼續前進！」

障礙掃除，加快腳步，前往下一個關卡。

「接著是B班。他們沒設任何的陷阱和機關。」

「作戰策略？」

「擊退所有阻礙者，全力衝過去。」

「我喜歡這關。」布拉德摩拳擦掌，躍躍欲試地開口。

B班在小花的領導下，完全走武力路線，連掩飾都沒有。還在緩衝區，就可以見到B班的人馬提著兵器、全副武裝地擋在通道上。

一跨入領域，激鬥隨之展開。

布拉德一馬當先地衝出，用拳頭將面前的障礙物一一掃除。理昂和芮秋使著刀，和執著各種兵器的敵人周旋，敏捷的身手加上行雲流水般的劍法，英氣昂揚。翡翠使出了精靈獨特的能力，颳起一陣強風，遠距武器在風壓之下，一一墜落地面。

「你是風向精靈？」紅葉看見翡翠的能力，興味盎然地開口。

「是的。」

「正好。」紅葉張開手掌，一團火球在掌心流轉，「借點風來用用。」

「沒問題。」翡翠揮手，疾風有如水柱一般，向前飆衝。紅葉順勢躍起，扔出火球。火球和狂風結合，變成一道猛烈的燄柱，一口氣將敵人驅散。

眼看著其他伙伴表現得如此傑出，相較之下，福星顯得遜多了。

丹絹用他特殊的蛛絲，織成了個半圓形的屏障，將福星與自己籠罩在半透明的圓弧之下，然後悠悠哉哉地跟在後方，前往下一個關卡。

Chapter09

萬聖試煉，千魔亂舞

「下一個是E班。」

翡翠皺了皺眉，「那些討厭鬼不好應付。」

「不好應付還是應付得了！」福星邊跑邊說，「狠狠修理那些自以為是的討厭鬼！」

「沒問題。」

一踏入E班領域的瞬間，場景變成了懸崖，而福星一夥人正好一步跨離懸崖邊緣，筆直地向下墜落。

「啊啊啊啊啊！」福星不爭氣地大叫。他覺得自己的內臟往上浮，那種噁心的感覺令人反胃。

「收到。」芮秋笑了笑，一邊墜落，一邊對著翡翠開口，「現在可以解開幻術了。」

「好的。」紅葉一彈指，懸崖的景色立即消失。

但是，取而代之的是激烈的炮聲和火光。周遭的場景變成了真正的戰場，持著刀槍的士卒，朝著他們蜂擁而上。

「糟糕！是多重幻術！」紅葉皺起眉，「小心，敵人可能混在士兵裡頭！」

「士兵？」布拉德困惑地開口，「為什麼我看到的是一整群的野獸？我們不是在森林裡嗎？」

「什麼？」

「我這邊是一整群笑容猥褻的裸男。」芮秋笑了笑，「嘖嘖，看來我是唯一面對E班實體的人。」

「敵人同時使用了迷魂術！」福星趕緊開口，「快點讓自己清醒！」

「問題是，我們要怎麼判斷自己是不是清醒？」翡翠皺著眉，一邊閃躲士兵的攻擊，一邊開口，「不管是哪一邊，都是假象。」

福星躲在丹絹的防護網裡，看著伙伴和存在與不存在的敵人戰鬥，心裡萬分焦急。

該死的，E班那群討厭鬼確實有兩下子。難道他們真的就此敗退?!

不行！不能認輸！

但是，要怎麼做？明明知道敵人和他們站在同一個地面上，但是卻無法準確地發動攻擊——

慢著，地面？

福星靈光一閃，對著紅葉開口，「妳能遠距離操控火燄嗎？」

「可以。」

「用火燄把這整塊地圈起來。」

「做什麼？」

福星笑了笑，在她耳邊低語了一陣。

「你確定可以這樣？」紅葉笑著開口，同時揮手。

火燄一簇一簇地竄起，在地面上圍了個巨大的圈，將敵人和他們一同圈在裡頭。

「活動規則上沒說不可以。」燄圈連起時，福星對著其他伙伴大吼：「跳起來！」

話語方落，燄圈的火苗，在同一時間爆開，巨大的毀壞聲跟著響起，地面同時震動陷落。

福星雖然在地表下陷時及時跳起，但還是摔了個狗吃屎，落在石礫堆裡。

「咳咳！」他吐掉嘴中的塵土，推開身上的石頭，顛顛簸簸地爬起。

懸崖、戰場、森林，還有變態，全部消失。景象回復成一般的道路——呃，應該說，嚴重坍塌的道路。

「這招不錯，福星。」布拉德扶了他一把，幫他把身上的塵土拍掉。「我欣賞。」

「謝了……」

「卑鄙的傢伙！」惱怒的驚叫聲傳來，只見E班的學生一個個狼狽地和石礫纏鬥，艱辛萬分地從石堆裡爬出。

幾個先爬出來的學生拿著長劍，氣憤地擋在福星等人面前，「不准你們通過！」

「誰理你啊。」布拉德一記直拳，直接讓對方倒回石堆。

少了咒術當掩護，E班的攻擊根本不足畏懼。

C班的隊伍快速地通過E班領域，穿過主堡，進入了後半段的路程。

「接下來要通過的是，最厲害的C班！」福星邊跑邊笑著宣布。

「好耶！」

踏入C班領域的那一刻，歡呼聲和掌聲隨之響起。加油和支持聲陪著他們跑完C班的一百公尺區段。

通過緩衝區之後，迎面而來的是最後的關卡，A班。

踏入A班領域的那一刻，萬聖節的氣息就出來了。

A班的守關學生親自下海，化妝打扮成女巫、科學怪人、殭屍、吸血鬼、幽靈、惡魔。各種妖魔鬼怪，全持著刀械，在他們接近的那一刻，全速朝他們奔去，發動攻擊。

「呃！抱歉，這種的我無法被嚇到……」福星一邊閃躲，一邊對隊友道歉。

「沒關係，福星。」芮秋使著精湛的刀法，趁著空檔回應，「我認為，這個時候最恰當的反應，就是笑吧！呵呵呵！」

A班的裝扮雖然拙劣，但是他們的武術卻有著高度的水準。

理昂和芮秋被兩個扮成殺人狂傑森的闇血族纏上，四把刀彼此碰撞敲擊，發出清脆的聲響。

「安卓，你怎麼扮成這副蠢樣？」芮秋一邊攻擊，一邊開口，「你臉上戴的是鍋墊嗎？」

「夠了，芮秋，現在我們是敵人。」

「呵呵呵……安卓，你墮落了。」

至於布拉德則是和扮成傳統吸血鬼的獸人打得難分難捨。

「什麼東西不扮，幹嘛扮成這種不三不四的東西！」布拉德邊打邊罵，「看看你，裝這什麼假牙，好端端的狼人變得像驢子一樣！」

翡翠和紅葉則是被扮成巫婆和惡魔的精怪給包圍，各類咒法此起彼落，轟得人眼花撩亂。

福星和丹絹還是老樣子，窩在防護罩裡，閒閒地看著伙伴戰鬥。

「你怎麼不出去幫忙？」福星好奇地問：「你也很厲害，不是嗎？」

「現在的狀況根本不需要我出馬就能解決。」丹絹悠悠地開口，「沒事不用浪費太多體力。」

擺脫掉A班的攻擊後，禁忌之塔出現在眼前。

最後的緩衝區段，位在禁忌之塔前三百公尺。

「五班的關卡全通過了，接下來一鼓作氣，往終點衝吧——」福星對著隊友打氣。

然而，話語方落，道路的兩旁立即射出數十把鋼刃，筆直地釘入地面。

要不是丹絹即時將福星拉開，他早就變成針插了。

一行人再度進入備戰狀況。

「是誰?!」

「這裡也有關卡嗎？」布拉德警戒地望著周遭。

「照理說是沒有……」

插在地面的鋼刃忽地飛起，朝福星等人發動攻擊。透過月光的照射，將鋼刃尾端綁著的絲線現形。

「在那邊！」紅葉朝右上方丟出個火球。

在火燄炸開的同時，五道人影從道旁的樹林裡飆竄而出。

五名不速之客的打扮和方才關卡裡的學生很不一樣。每個人都戴著雪白的面具，身穿有如德式軍裝的長外袍，手臂上繡著天秤的圖樣，天秤中央頂著由三道直線交叉而成的白色三角形。

「這是……白三角……」翡翠冷肅地低語。

福星愣愣，「怎麼會出現在學園裡?!」而且還是測驗的時候！又不是哈利X特的劇情！難道是禁忌之塔的防禦漏洞讓他們潛入？

「鏗！」

金屬碰撞的清脆聲響起，只見理昂一馬當先，執劍對敵人發動狠厲的攻擊。

然而對方也不是簡單的對手，握著長刀的白三角，一一擋下了理昂的攻擊。刀刃相接，發出接連不斷的鏗鏘聲響，互觸的刃鋒甚至擦起點點火星！

「理昂，小心！」芮秋一面協助攻擊，一面警告，「這些傢伙不好應付！」

理昂的眼珠變成殷紅色，並且發出令人顫慄的光芒。

在對方守備的片刻，理昂沉沉低吟：「想請教你們一些問題。二十四年前海德堡大肅清的主使者在哪裡？」

對方不語，只是繼續發動攻擊。

「不知道？那麼我換個方式問。瑟萊．喀普倫茨在哪裡？」

「理昂！小心！」

另一名白三角插入，兩人聯手，讓理昂逐漸倒退；翡翠使出了精靈魔法，將聯手的兩人分散；紅葉和布拉德，則是各自應付著一個白三角成員。

「乖乖待在這裡面。」丹絹設下防護網，籠罩著福星，「快逃！」語畢，回頭準備加入戰局。

福星趕緊開口，「我也可以戰鬥！我的咒語威力很強！」他不想要這樣！他不要一個人無能地逃跑！

「我知道。但是你沒辦法控制咒語，這樣不見得有幫助。」丹絹揚起安撫的笑容，「況且，我們還得靠你去搬救兵呢。要是大家都戰死了，誰去通知其他人危機——」

「唰！」丹絹一回頭，五指射出五道銀絲，將鋼刃打落。

「快走吧！福星。」語畢，跳離原地，朝著對手頻頻反擊。

福星站在原地，看著自己的隊友拚盡全力和敵人戰鬥。

他不想走！

他知道他留下來也沒用，但是，他不能丟下自己的同伴不管！

站在防護罩裡，福星焦慮地望著眼前的刀光劍影。

為什麼白三角的人會出現？為什麼偏偏找上他們這隊？整個路程都很順利，他本來還以為C班會奪冠的，看來現在連命都不保——

呃，慢著。道路全程裝設攝影機記錄比賽。白三角出現已經五分鐘了，照理說支援應該已經到了才對……

福星緊盯著廝殺中的人馬，全部的隊員都殺紅了眼，置身事外的他，看出有些不對勁的地方。

感覺上，對方似乎沒使出真本事，除了一開始主動攻擊外，接下來的動作幾乎全都是在防禦；即便是攻擊，也沒有朝著要害發動。

隨著打鬥，一行人逐漸偏離路線。

忽地，他聞到一股熟悉的淡香。

甜甜的水果味，勾起了他的記憶。是……杏桃的味道。

這是在寒川的浴室裡聞到的香味！

他想起來了，活動規則裡雖然規定各班的關卡區段，但是在開頭的總述是這樣說的：**所有的攻擊都在主道上，關卡和攻擊都設在起點到禁忌之塔前的道路上。**

這句話暗示著離開關卡區，仍有可能遇到攻擊！

福星揚起嘴角，奔向其中一名白三角的成員，「小鴨鴨很可愛，小雞也是！」

那人的動作一滯，但立即回復俐落的身手。

果然沒錯！

「大家，回到主道上！繼續前進！」福星對著其他成員大喊。

「不可能！」

「怎麼可能放這些人走！」理昂嘶吼著，音調裡帶著深沉的悲恨。

「他們是教授扮的！不是真的白三角！」福星一邊跑向主道，一邊開口，「他們的目的是在拖延時間！」

隊友們的瞬間攻擊停頓。同時，對方的動作也隨之停止。

「媽的！」布拉德低咒了聲，瞪了假的白三角一眼，「這種玩笑一點都不有趣！」

「爛死了！」

雖然一肚子不滿，但一行人仍壓下怒意，趕緊回到主道上，朝著終點邁進。

第三度拜訪禁忌之塔，情景依舊，籠罩在詭譎的寧靜之中。塔內的其他地方被封鎖，僅留著登頂的樓梯，開放給闖關者進出。

一行人沿著塔內的石階，一路奔往塔頂。

禁忌之塔的頂端，大約班教室那麼大，沒有其他隔間。四面牆上各開了一扇窗，包羅了學園的景色。而四扇窗戶的邊框被細密的符紋框起，一路延伸至地面和頂端，在上下兩面的正中央匯集，形成兩個扭曲的圖騰。

鐘架就放置在正北邊的窗口，正對著主堡。

「現在才二十三分！快去敲鐘！」

布拉德縱身一躍，來到了鐘前，正要拿起銅鎚時，一道銀鍊倏然從角落射出，捆住了布拉德的手，並纏上了他的身軀。

「啊！」布拉德發出一聲咆哮，雙膝跪下。接著，倒地不醒。

「布拉德?!」這是怎麼回事！

其餘伙伴警戒地望著周遭，但是沒看到任何人。

「喂，統籌大人，你怎麼沒告訴我們這裡也有設關卡！」

「終點處確實沒有關卡啊！」福星趕緊辯解。

「那偽白三角攻擊要怎麼說！」

「剛才主道全程都屬於測試路線，有埋伏仍在規則之內！但是進入塔內就不會有任何關卡！」

「你要告訴我這裡鬧鬼嗎？——啊！」紅葉說到一半，忽地發出一聲尖叫，然後整個人倒向地面。

「這裡有別人！」翡翠警戒地打量著周遭，「大家聚在一起，別分散！福星，你站中間！」

「好……」福星看著倒地的布拉德和紅葉，擔憂著他們的狀況。

怎麼會在這裡遭到攻擊……難道這次真的是遇到白三角的人?!

不可能啊！

「小心！」

斥喝聲響起，接著，一股強勁的力道將福星撞開。

福星整個人被推向牆面，差一點失足從窗口落下。他感覺到能量從屋頂罩下，原本留在空間中央的丹絹、翡翠、以及芮秋、理昂，正好被籠罩在其中，四個人就和布拉德一樣，彷佛力量突然被抽乾似的，一個接一個失去意識，摔倒在地。

將他撞離的，是理昂。

「快……逃……」

理昂撐著最後的意識，在閉上眼之前，發出最後的警告。

「逃？」福星看了看身後，高聳的塔頂距離地面數十公尺，高處的寒風吹來，令他打了個哆嗦。

怎麼逃？況且……目光移回場中昏迷的六個伙伴。

他一個人逃嗎？他知道自己很弱，但是，如果真的就這樣丟下伙伴，獨自跑走，那才是真的遜到爆！

「是誰！出來！」福星對著塔頂的空間大吼，「躲在暗處攻擊人，太卑鄙了！陰險的小人！」

「啪！」一記猛烈的力道甩上了他的臉，熱辣辣的感覺從皮膚底下竄升，但完全看不見攻擊者的身影。

下一刻，肚子、胸口，還有腳，接連傳來劇烈的疼痛。攻擊來得太猛然，福星完全沒有慘叫的時間，只能靠著牆，承受著這頓毆打。

到底怎麼回事？

「嘴巴放乾淨點。」熟悉的聲音從空中響起。

這個聲音是……「是E班的討厭鬼！」

下一秒，亞利克和迪恩兩人憑空現形。

「不錯嘛，認得出我的聲音。」亞利克輕蔑地望著福星。

「那麼自戀的聲音，要忘記也很難……」福星抬起頭，瞪著他們，「太卑鄙了。」

「少囉嗦。」迪恩賞了他一巴掌，「說我們卑鄙？你和那貓女才叫卑鄙！竟敢安排那種陰險的關卡陷害我們！」

「是你們自己實力太差，過不了關！」

「囉嗦！」一記直拳揍向福星的肚子。

好痛！

「你以為你懂得設那些關卡很聰明？」亞利克咬牙切齒地低語，「只有弱者才會使那些自以為是的小手段！」

「我才不是弱者！」

「你是！」迪恩盯著福星，「別以為我們不知道。你連形化都不會，還得找人幫忙。」

「那是之前的事！」

「喔，是嗎？」亞利克笑了笑，「試試看，如何？」

說完，抓著福星的領子，將他的上半身壓向窗外。

「住手！」他雖然已經會操控異能力了，但是必須在精神集中的狀況下才使得出來，現在的他無法讓自己專注。福星緊抓著亞利克的手腕，改用勸退的手段，企圖阻止他們的舉動。

「我們談一談吧。」福星勉強自己揚起溫柔的笑容，「做這種事，父母會難過的。看看你們的身邊，還是有許多關心自己的師長和朋友呀！」

亞利克和迪恩對看了一眼。

「這小子不只能力有問題，連腦子也有問題。」

「該不會是智能障礙吧。」迪恩認真地開口。

「並不是！」可惡！看來溫情路線走不通！「停手吧！你們做這種事，教授會知道的！」

「並不會。」

「啊？」

「這就是我們和你不同之處。」迪恩得意地笑著，「資深的闇血族能操控他人的記憶。你們不會記得被攻擊的事，只會認為自己是體力不支而昏死。」

「但是有監視器！」

「那只設在有關卡的區段上，起點和終點並沒有裝置。」亞利克看了看錶，「況且，我們也只是要拖延時間，等到四十分時，我們會幫你敲鈴。」

「太差勁了！」

「我們只是在幫夏洛姆淘汰無能的垃圾。」迪恩笑著開口：「在時間到之前，你就表演異能力來取悅我們吧。」

「不！別這樣！」福星斜眼望著地面，心裡一陣惶恐，「放開我！」

「要是你死了，那也只能怪你自己。」亞利克冷笑，「沒這本事，就不該進到這所學園裡！」語畢，低聲對福星使出攻擊的咒語。

針扎一般的刺痛襲上了福星全身的肌肉，他的手因此鬆開，整個身子筆直地朝著窗外墜落。

「啊——」福星驚叫，感覺像是回到了E班的關卡。

然而，此刻的他，心裡充滿的不是恐懼，而是憤怒和懊惱。

他氣憤迪恩的卑鄙，更對自己的無能為力感到惱怒。

福星頭下腳上地墜落，目光剛好對著塔頂。塔頂的燈光像是黑夜裡的燈塔一樣，抓住了他的注意力。

終點就在眼前。迪恩和亞利克小人得志的嘴臉，就在窗旁。

都已經走到這步，豈能放棄！

振作點啊！賀福星！不要輸給那種人！

向他們證明自己不是弱者！

福星閉上眼，將所有的心思放到自己的身上。他的身體繼續快速下墜，眼看就要摔落地面時，兩道黑色的翅膀瞬間從他的背脊岔出。

「成功了！」

沒太多時間高興，福星用力振翅，乘著氣流上騰，衝回塔頂。他看見艾利克和迪恩露出詫異的表情，但是，他的目的不是為了讓對方驚訝，而是——

福星迅速地橫過房間，直撲懸鐘，抓起落在地面的鐘鎚，朝著鐘面用力敲下。

「噹！噹！」

「該死！」迪恩怒吼著投出一記攻擊。

福星趕緊一躍而起，飛向空中。攻擊打上了鐘面，發出了巨響。

福星浮在塔頂，居高臨下地瞪著那兩人，「看我飛回起點，向教授報告你們的惡行。你們等著掃一整年的廁所吧！」

「休想！」亞利克掌中聚集了異能力，朝福星扔出。

福星俐落地閃開，攻擊波擦身而過，將塔頂轟出了一個大洞。

「打偏了。」福星得意地開口。

「你確定？」

「什麼——啊！」

碎落磚石掉下，砸中了福星的頭。他的眼前一陣金光，失去了焦距，墜落地面。

「真是麻煩的傢伙！」迪恩走向福星，狠狠地踹了他一腳，「這是什麼怪物啊？是精怪嗎？看這翅膀像是蝙蝠。」

「但是蝙蝠可沒有四隻腳。」

「快點對他們施咒吧！這小子剛才已經敲鐘了。」

福星意識模糊地趴在地面，身體承受著他們的毆打，無力反抗。

這兩個人在說什麼啊……蝙蝠本來就沒有四隻腳，怎麼會討論這種蠢問題……

看著橫倒在地的其他伙伴，他重重地嘆了口氣。

抱歉，都怪他無能……

幫不了自己就算了，還拖累了其他人。

理昂如果不是為了救他，就不會被咒語波及，其他人如果沒有圍在他身旁護著他，說不定早就大展身手，揪出敵人。

「要是我更強一點就好了……」

真可惜，都已經努力這麼久了。

虧他還對班上的人誇口說要贏得冠軍呢，現在大概只能殿後了吧……

就在這時，地面開始震動了起來。

「怎、怎麼回事！」亞利克驚慌地張望，然後一把將福星抓起，「喂！是你搞的鬼嗎！快停止！」

他有這麼厲害就好了……

空氣中，傳來異常的震盪，四扇窗颳入一陣疾風。接著，從塔頂傳來閃電的聲音。

「那是什麼！」亞利克手一鬆，福星又跌回地面。

是教授過來了嗎？

低沉的嘶吼聲從空中響起，一股燒焦的味道隨之傳來。

到底是什麼東西？

福星趴在地面，看見迪恩和亞利克的腳從他眼前向上飛衝。

「啊啊！」

淒厲的慘叫聲，從上方傳來，接著，他感覺到一陣溫熱的液體灑落地面。

是血。

福星勉強轉過頭望向塔頂，只見一頭巨大的黑色野獸，盤踞在上方。

野獸有著獅子般凶猛的頭，獅頭正咬著血淋淋的手臂，野獸的身體像羊，尾巴則是一條蛇。迪恩的右臂整隻不見，巨大的傷口大量地噴著血。

「這下子方便多了。」熟悉的聲音從福星身後傳來。「連主封印都破了個缺口，這兩個笨蛋還是有點用處。」

刺耳的獸吼聲再度傳來。

「安靜點，蠢貓。」不耐煩的聲音響起，「難得我心情好。」

「嘎——」野獸的嘶吼聲轉為痛苦。

是誰？現在是什麼狀況？

腳步聲朝著福星靠近，接著，他感覺到溫熱的氣息灑在耳後。

「別忘了你剛才說的話。」帶著熟悉感的男音傳入耳中，「要變強，福星。」

這個聲調好耳熟，卻怎麼都想不起來……

明明就快想起的，但是那股熟悉感立即隨著聲音掃去。

「……然後，成為我重整秩序的尺規。」

到底在說什麼啊……

地面再度開始震動，福星無法繼續支撐意識，奮力撐起的眼皮，沉重地垂下。

思緒就此中斷，陷入黑暗之中。

當福星再度睜開眼時，數張擔憂的臉孔映入視線。

「醒了！」

「你沒事吧？」

他呆滯地望著身旁的人，一時搞不清楚狀況。「這裡是哪裡？」

包著繃帶的翡翠，開口解釋：「醫療中心。比賽已經結束，教授們趕到現場，解除了危機。」

「是喔。那亞利克和迪恩──」

「E班的人還留在禁忌之塔。」

「啥？」

「闖出這麼大的禍，他們得住在禁閉室好一陣子了。」

想起那隻巨大的野獸，福星嚥了口口水，「我還以為他們被怪獸吃掉了。」

「也沒好到哪裡去。其中一個斷了手臂，雖然被接回去，但是一整年都不能動；另外一個肚子破了個大洞，幸好裡面的東西還在。而且，他們受了太大的驚嚇，神智有點不清。」

紅葉冷哼了一聲。「自作自受。」

「呃，這樣啊……」聽起來頗慘的。「那是什麼東西？」

「那是柯梅拉。」坐在一旁的歌羅德開口：「俗稱的獅頭獸，是空間裂縫的看守者。」

「怎麼會出現在學校裡？」難道是學校養的寵物？

「夏洛姆本身就就位在一個空間裂縫裡，這裡和外頭的空間平行，外人進不了，也看不到。要不然天上這麼多人造衛星，要是被照到的話，那可就麻煩了。」歌羅德沒好氣地開口，並且巧妙地避開了一部分的事實。

「那比賽呢？後來怎樣了？」

「已經終止了。」紅葉無奈地嘆了聲，「都發生這麼大的事，怎麼可能進行嘛。」

「說得也是。」福星望向翡翠，「那你豈不是賠慘了。」

「雖然萬聖節的試驗終止，但關卡是早就設好的啊。」翡翠臉上揚起得意的笑容，「所以，後來是以各班關卡設置為評分標準。」

「喔！」福星感覺眼前一亮，「所以？」

「C班拿到最高分！至於E班，他們被判失去比賽資格。」翡翠用力地拍了拍福星的肩，「多虧你領導有方。」

「是啊，派利斯教授在公布分數時，花了大概十分鐘誇獎我們的關卡，激動得幾乎要噴淚，好像得獎的是他自己一樣。」

「這樣啊。」

聽到奪冠的消息，福星的心情比想像中來得平靜。或許是中途發生了太多意外，讓他對這樣的喜訊感受不到太大的愉悅。

這就是劫後餘生的超然吧。

福星和闖關的伙伴待在醫療中心觀察一天才離開。回到班上後，他們受到英雄般的擁戴，每個人都來詢問當天的情況，並且對奪冠一事感到十分興奮。

最開心的人是翡翠，這次的賭局，他海撈了一筆，甚至趁著外出時間，到鎮上買了一枝鋼筆送給福星，做為分紅的報酬。

Epilogue

白雪霏霏，收拾行囊好過年

過了一個驚險的萬聖節，接下來的日子相當平靜。

當楓紅落盡時，寒冷的寒冬接著到來。

夏洛姆的冬季非常冷，入冬之後連下了好幾天的雪，積雪將學園染成純淨的白色。

「雪！是雪耶！」福星開心地衝到宿舍前的廣場，顧不得現在是人來人往的晚餐時分，興奮地在雪地上打滾。

「有什麼好稀奇的。」翡翠打了個呵欠，「這種天氣待在暖爐旁算錢才是最適合的活動。」

真沒情調。

「這是我第一次看見雪！」福星彎下腰，脫下手套，挖了一塊雪到掌中，「臺灣只有高山會下雪，我一直很嚮往待在雪地裡觸碰雪的感覺。」

「你去幫冰箱的冷凍櫃除霜不就得了。」

「那個不一樣啦！」福星將雪捏成一塊，扔向翡翠。

「哎呀！你好大的膽子！看我怎麼回敬你——」

「砰！」另一記雪球砸向翡翠，正中他的臉。

「嘿嘿嘿，我是站在福星這邊的！」洛柯羅得意洋洋地開口。

「幹得好，不愧是我的好兄弟——」

「啪！」

冰涼的觸感襲上了福星的脖子。回過頭，只見珠月掛著頑皮的笑容看著他。

「福星，你疏忽了喔。」她笑嘻嘻地開口。

「好呀，竟敢暗算我。」福星立即捏了一塊雪球，奸笑著看向珠月，「接招！」

他將雪球扔出，白色的圓球在空中劃過一道漂亮的拋物線。

眼看著就要墜向珠月時，另一團更大更扎實的雪球從旁直飛過來，將他的雪球半途打散。

「呃?!」福星望向一旁，只見布拉德惡正狠狠地瞪著自己。

「賀福星，你竟敢欺負珠月?!」

「不是啊！這只是遊戲而已！」

「少強辯了——」

「啪！」

另一枚雪球砸向布拉德的背。

「小狗狗，幹嘛這麼凶。」芮秋笑呵呵地站在另一角。

「妳說什麼！」布拉德的獸人伙伴憤怒地回吼，「少看不起我們——」

「啪！啪！」兩記雪球打上了他們的臉。

「吵死了啦！」翡翠不耐煩地開口，「不玩的話閃一邊去，別在那裡礙手礙腳！」

「臭精靈！」獸人撥去臉上的雪，彎腰捏起雪團，「好！就照你的方式決鬥！」

「不是決鬥，是遊戲啦！」

「你們在做什麼？」班上的雙胞胎妖精湊了過來，「我們也要加入！」

「哎呀呀，這裡似乎在進行什麼熱血沸騰的活動呢。」紅葉和幾個精怪經過，興致勃勃地加入戰局。

沒多久，C班幾乎全員到齊，甚至有不少別班的學生湊熱鬧加入了這場混亂的雪仗。

福星發現，小花也悄悄地加入戰局之中。不過，不知道為何，她只攻擊布拉德一人。

至於翡翠，在大戰進行到一半時便逃離戰場，置身事外地開起賭局來了。

真是死性難改啊！

遊戲進行了好一陣子，直到渾身被雪水浸溼，眾人才意猶未盡地返回寢室。

「理昂昂……你吃、吃飽了嗎、嗎……」福星一邊抖，一邊對著坐在客廳看書的理昂開口。

自從萬聖節之後，理昂的活動範圍走出了床區，他現在經常坐在窗邊悠閒地看書，就像福星第一次與他在寢室裡碰面時一樣。

「嗯。」理昂抬起頭，看了渾身濕透的福星一眼。

「我、我們剛、剛才打了雪仗……」

「我知道。」理昂將目光移回書本，「我看到了。」

「是喔，那你怎麼不下來一起玩？」

「哼……」理昂輕嗤了一聲，彷彿聽見了什麼笑話。

「好冷喔！」福星脫下濕掉的外衣，拿著乾淨的衣服，走向浴室。「這種天氣最適合吃火鍋了。」他望向理昂，「我答應洛柯羅，過完寒假要帶電磁爐來，大家一起在寢室裡吃火鍋，到時候你可別跑掉啊！」

理昂皺起了眉，看了福星一眼，沒說什麼，只是輕輕地嘆了口氣，然後繼續看著自己的書。

時間飛逝，轉眼間，待在夏洛姆的第一個學期，就這麼結束了。

坐上校車，來到了鎮上集散點。下學期開始，一年級生也可以直接在這裡搭校車到校。

下車沒多久，就看見穿著厚重大衣的賀玄翼正從那間咖啡廳走出。

「你們要怎麼回去？搭飛機嗎？」福星轉頭詢問翡翠等人。

「我搭火車。」翡翠看了看錶。「兩小時後的車。」

「我是走捷徑。」洛柯羅笑著開口。

「這樣啊。」

福星看著好友，對眼前的分離感到小小的不捨。這是他第一次對於放假感到無趣，第一次這麼期待著開學日的到來。

賀玄翼走向兒子，笑著站在一旁，等著他們談話結束。

「那麼，」福星拎起行李，咧起由衷的笑容，「下學期見。」

——《蝠星東來Ⅰ妖怪的入學須知》完

Side story

追逐與逃離，是欲迎還拒的詭計，

在撞擊的高峰期揮灑各種汁液——

其實是體育課

S H A L O M　　A C A D E M Y

冬夜飄著細雪，氣溫直達冰點。

夏洛姆的中央運動場上，一B和一C的學生聚在中央，任由風雪吹打。

人類社會禮俗交誼課的教授，派利斯，一反常態地卸下了高雅的西裝，身穿著紅白相間的運動服，脖子上掛著繫黃繩的哨子，頭上戴著鴨舌帽。

這樣的打扮讓福星想到了故鄉的體育老師。不過，以前的體育老師不會穿著運動服配尖頭牛津鞋上課。

派利斯用力吹了聲口哨，威風凜凜地環視了眾學生一眼，接著朗聲開口，「對人類而言，運動能夠有效地鍛鍊體魄，明白合作的真諦。在這過程中，人類的學生們透過各類體能競賽，學習團隊精神以及積極奮勇的鬥志……」

「這、這是要做什麼啊！」福星一邊發抖一邊詢問，「這堂課不是人類社會禮俗交誼嗎？為什麼要來運動場？」

「派利斯教授說今天的主題是高校生活。」翡翠一邊滑著手機觀察網拍帳號，一邊回答。

「我們就是高中生，幹嘛體驗高校生活啊？」根本脫褲子放屁啊！

「他說人類的高校和夏洛姆不太一樣，大概又看了什麼影片吧。畢竟他經常心血來潮地搞些自以為有創意的新花樣。」翡翠發現追蹤人數和瀏覽人數微幅上升，滿意地點點頭，

「你建議我花錢讓商品上首頁增加曝光率確實有效，光是這兩天的瀏覽人次就有九百多，而

追蹤人數也有二十三人，是以往的二十三倍。」

「喔喔？是嗎？那很好啊！哈哈！」福星乾笑兩聲。

事實上，那九百多的瀏覽人次是他昨晚瘋狂按F5猛刷出來的。追蹤人數則是他開分身帳號並號召親友幫忙之下而達成的成果。他的朋友不多，所以大部分是家人，除了爹娘姐之外，連遠在國外的外公外婆都被他拖下水。

向來開明的琳琳還特別打了視訊電話過來，語重心長地問他是不是加入了什麼奇怪的行銷組織或宗教團體。

其實，他只是希望翡翠開心而已。

嗯，當然，也有部分原因是擔心翡翠發現沒有成效的話，會向他追討廣告費用……

「福星，你有食物嗎？」站在一旁的洛柯羅戳了戳福星的肩，一臉期待地詢問。

「喔，有啊。」福星從口袋裡拿出兩包仙貝。和洛柯羅熟了之後，他也養成了隨身攜帶零食的習慣。

「謝謝！」洛柯羅開心地接下，沒兩下就嗑光了。「福星，」他再度戳了福星兩下，「你有飲料嗎？」

「我沒有耶。」

翡翠立即湊上前獻寶，「如果你有興趣的話，我正好有帶兩罐精靈聖水，雖然它主要的功能在於淨化環境轉化氣場，但也是可以直接飲用，達到肉體與靈魂雙向保健的效果。一瓶二十毫升，二歐元，買兩瓶特價三歐元，非常划算。」

「噢不用了，我覺得還是不要喝自來水比較好。」洛柯羅笑著拒絕。

福星聞言瞪大了眼，激動質問，「精靈聖水是自來水?!你不是說那是從隱密的高山聖域取得的神水嗎！你騙我？」

「噢，廣告文宣當然要講得華麗一點，但我可沒騙人。」翡翠侃侃說明，「夏洛姆位處高山，有結界守護所以非常隱密，加上有精靈和各類傳說中的生物出沒，對某些文化的人類而言，這裡確實是聖域。」

「你這奸商！」

洛柯羅轉過頭，詢問珠月，「珠月，妳可以召喚出熱可可給我嗎？」

珠月微愣，接著露出愛莫能助的淺笑，「抱歉，這恐怕有困難。」

「你當珠月是販賣機嗎！怎麼可能召喚熱可可啊！」福星沒好氣地吐槽。

「我想說她是水系精怪，所有液態的東西都歸她管。」洛柯羅說著便擅自捧起珠月的一隻手掌，抬到面前仔細端詳，「我之前看到她一揮手就甩出道水柱，所以我想，如果可以一揮手就甩出熱可可噴泉的話，那就太棒了！」

手被洛柯羅捧在掌心，那俊帥容顏近在眼前，珠月不好意思地輕咳一聲，臉頰微微泛紅。

「啪！」

一個水壺猛地穿入洛科羅與珠月兩人中央，拍去了洛柯羅的雙手。

洛柯羅轉頭，正好迎上布拉德猙獰的臭臉。

「布拉德？」洛柯羅困惑。

「水。」布拉德咬牙低語，努力地隱藏自己的情緒，「拿去。」

自從萬聖節試煉之後，布拉德越來越常和福星一夥人一同行動。雖然大部分的時間他只是安靜地跟在一旁，很少插話。大家已經習慣了布拉德的存在，但是仍不太知道該如何與他互動。

洛柯羅受寵若驚地接下水壺，「噢噢！真是謝謝你耶，布拉德！」接著他伸開雙臂，給布拉德一個大大的擁抱。

布拉德瞠目，「你搞什麼！」

「派利斯教授不是說過，擁抱是人類表示感謝的方式嗎？」洛柯羅笑著回答。「我在表達感謝。」

布拉德勃然，「給我放——」

正要怒聲訓斥並甩脫洛柯羅時，他發現珠月笑得異常燦爛，像個下凡的天使般注視著他們兩人，似乎對這友誼之舉相當讚許。

他覺得那樣的珠月非常美。

咕噥了一聲，放棄反抗，任由洛柯羅抱著他。

珠月的笑容更深、更加耀眼，有如春日的朝陽。

啊，多麼善良又美好的女孩。他由衷地慶幸，自己在這個時間點進入了夏洛姆，與她相遇。

布拉德在心裡感嘆。

翡翠挑眉，「如果你這麼喜歡被人擁抱的話，我可以幫忙，抱一次十秒鐘一歐元。」

布拉德怒瞪翡翠，「不需要！」

洛柯羅放開布拉德之後，扭開水瓶，直接對嘴喝了起來。布拉德原本想制止，但聽見珠月輕柔的笑聲，他便選擇沉默。

翡翠看著布拉德，沉思了片刻，湊到福星的耳邊竊聲低語。

「我在想……以後上廁所和洗澡時可能不要背對他比較好……」

「啊？」福星愣了兩秒才會意，「你完全誤會了啦！」

「你確定？」

「就算真的是那樣，人家又未必會選擇你。你的想法很沒禮貌的說！」

翡翠嗤聲，對這言論極不以為然，「拜託，我可是風精靈。」

「我覺得洛柯羅比較帥。」

翡翠皺眉冷哼，「他也不會選擇你。」

「我又沒有要比較的意思！」為這種小事計較，風精靈果然是自尊心很高的族裔啊！

福星和翡翠的對話，一字不漏地傳入了認真偷聽的珠月耳中。

啊，多麼美好的同伴情感。她由衷地慶幸自己在這個時間點進入了夏洛姆，認識了這些美少年。

「嗶！」尖銳的哨音響起，拉回眾人的注意。

「──所以，我們要上體育課。」派利斯宣布。

「體育？不是已經選修了？」底下的學生困惑，提出疑問。

夏洛姆沒有固定的體育課，學生們可以依自己的興趣選修體能學群相關的課程，例如拳擊、水中競技或是箭術等課程。

「不是選修的體能學群科目，而是『體育課』。」派利斯興奮地開口，「人類高校課堂上的『體育課』！」

「那要幹嘛？」

派利斯揚起得意的笑容，他彈指，「我們要做這個！」一顆白色的球體從他身後的箱中飛出，落到他手中。

「排球？」

「不對，」派利斯指正，「是躲避球！躲避球在人類的高中生中是相當熱門的活動，也是同儕們增進情感的重要管道……」

看著滔滔不絕的派利斯，福星心裡忍不住嘀咕。

教授是從哪弄來的資訊啊？他雖然沒上過一般的高中，但是國中以後就幾乎沒打過躲避球啦，只有小學時流行而已。

不過，還挺令人懷念的。

以前打躲避球時他總是被分到外場，因為他身體虛弱，又不擅長體育，沒有人期望他有任何表現，他只要乖乖站在角落就好，偶爾幫忙撿個球，幾乎讓人忘卻他的存在，根本是影子躲避球員。

「所以是不同班級互相對抗囉？」有學生舉手發問。

派利斯搖了搖指頭，「不不不，這樣只會增加同班內的情感，喪失了原本打破界限交流的意義。」

他低吟了聲咒語，然後用力拍掌。光芒像水花一樣，隨著他的拍掌從掌邊噴洩灑落，飄降在每個學生身上。

光點落下後，每個學生的右臂上，各自出現泛著紅光與白光的O和X。

「比賽分成紅白兩隊。」派利斯繼續解釋，「O和X分別代表內外場，內場的人被球打到就算出局變成外場隊員。外場的隊員若是擊中內場隊員就能變成內場隊員，比賽結束時，內場人數最多的隊伍就勝利……」

福星聽完之後稍微鬆了口氣。

幸好，派利斯的遊戲規則和他所知道的一樣。他本來還擔心國外的躲避球會有規則上的差異。

「……大致如此。接下來，」派利斯高舉起手，「拿球吧！」他將手猛然揮下。

數十顆白色的球體自他身後的大箱子裡彈躍而出，散落在每個學生的腳邊。

「每個人一顆。」派利斯補充規則，「活動範圍包括整個教學大樓區和A棟體育館，超出這範圍就算棄權。你們身上和球上的咒語會自動偵測，誰的球被搶、誰被球打到，被打到的人衣服上的字樣就會改變。」

福星傻眼。

不是這樣的吧！

「可以進入其他班級裡嗎？」學生提問。

「可以，只要你有辦法不被該班驅逐。」

「有規定不能打哪個部位嗎？砸擊的力道是否有限制？」

「沒有。不能超過活動範圍，只能以球當武器，只要遵守這兩個原則即可。」派利斯拿出碼錶，「活動時間是一個小時，十分鐘之後鳴槍，開始比賽。現在你們可以先熟悉隊友，彼此討論戰略！」

「這根本不是躲避球了吧！」福星小聲抱怨。

聽起來比較像是鬼抓人，X是鬼，抓到O以後換O當鬼。差別在於不同顏色的O與O之間可以互相攻擊而已。

福星看了看周邊的熟人，洛柯羅、珠月和他一樣，上臂袖子上浮現一個泛著紅光的字紋，三個人都是O。

布拉德和翡翠則是白色字樣的X和O。

「噢，看來我們是敵人了。」翡翠笑了笑，似乎對於這樣的分配感到有趣。

布拉德看起來非常惋惜。

紅白兩隊的人開始移動，布拉德和翡翠移到了白隊的區域，福星等人則是向紅隊人多處聚攏。

紅隊隊員裡，和他比較熟的除了珠月和洛柯羅以外，還有紅葉。即使在寒冬之中，紅葉依然穿得非常單薄，不吝嗇地展現自己姣好火辣的身材。

「嗨，我們真有緣吶。」紅葉爽朗地笑著揮手。

福星發現妙春沒有在她身旁，看來是被分到白隊去了。

除此之外還有一個熟面孔，B班的班長小花。

福星本想和她打招呼，但是還沒開口，小花已站在眾人前方，朗聲領導全局。

「雖然各位來自不同班級，之前在萬聖節試煉時彼此間可能有些小過節，但是我想諸位應該都不想在這可笑的活動裡敗北。」

小花的身形嬌小，卻有著領導者的氣魄，當她在說話時，底下的人全都噤聲。

當然，也有可能是因為她掌握不少人的把柄。

「O的人數有二十人，X是十人。我建議O字隊員可以先躲藏，來讓X字隊員在第一線進行攻擊，這樣可以保住基本的二十分。所以，比賽一開始O字隊員人全部疏散藏匿，X字隊員盡全力阻擋白組隊員，為O字隊員爭取時間。白組的人為了得分必定會追上，事先躲藏好的我們便能占地利之便，守株待兔將他們一網打盡。」小花說出了自己的戰略。

即便是原本對小花有意見的人，為了獲勝都紛紛對這策略表示讚同。

簡單地討論了一會兒，確定細節之後，紅隊的隊員便悄悄開始動作，O字隊員不動聲色地移動到靠近運動場外緣的位置，X字隊員則散開成一道錯落的人牆，擋在白組成員旁邊。

另一方面，相較於紅組的低調安靜，白組的聲勢顯得吵雜多了。

「幹掉紅隊！」

「看到人就砸！不管是內場還外場的，先攻擊就對了！就算打中的是外場隊員，削弱他們的戰鬥力對我們也有利！」

「喔喔喔喔喔！」

鼓譟的歡呼嘶吼聲此起彼落。白隊的隊員中獸族比例稍高一些，又剛好都是些激進外向的分子，整個隊伍染上了原始而狂野的色彩。

臂上亮著白O字樣的丹絹眉頭皺起，走向派利斯。

「教授，我有個疑問。」丹絹看了不遠處的隊友一眼，「請問分組是依據什麼標準？」

「是隨機分配，沒有標準的。」

「我以為您刻意將智力偏低的人馬安排在白組……」

「你想太多了。」派利斯笑著開脫，「況且，這個比賽也不需要思考太多，以體力來看，白隊還占上風呢！」

看著興奮的派利斯，丹絹搖了搖頭返回隊伍之中。

「我們同隊呢，室友。」翡翠看了看摩拳擦掌的隊友們，「看來等一會兒的比賽會很激烈吶。要不要買個精靈聖水為自己開運，增強體力？」

丹絹冷冷地瞥了翡翠一眼，「我看到你在浴室裝水。」

翡翠伸出指頭擋在丹絹面前，「噓，這可是商業機密。」

丹絹拍開翡翠的手，「我還知道你拔溫室的草號稱是瘦身茶，你所謂的龍淚結晶是從化學實驗室弄來的。」

翡翠乾笑了兩聲，「沒想到我的室友這麼關注我的行動。不然這樣吧，作為回報，我可以當你的保鏢守護你的安危，公道價一小時五歐元即可。」

「不需要。」

「還剩三十秒。」派利斯宣告。

福星左右張望，十分焦慮。他還沒想好要躲哪裡，像他這種肉腳，一定只能淪為目標……

「福星，你還好嗎？」珠月關心地詢問。

「我有點緊張。對了，珠月妳要躲哪裡？我可以和妳一起行動嗎？」

「呃，我看白隊的男性隊員比較多，所以想躲在體育館的女更衣室裡……」

「噢……」

他已經潛入女湯被當成變態了，要是再躲進女更衣室的話，可能會先被化學閹割然後送禁閉室關到畢業吧……

「福星不要怕，我們可以一起行動，我會照顧你的！」洛柯羅拍胸脯保證，「而且我想好應變策略，你跟著我就好。」

「洛柯羅！你真是太可靠了！」

「我們可以躲到食堂，然後一直吃到下課。」

「……食堂在活動範圍以外……」

「是喔……」洛柯羅看起來悵然若失。

「嗶！」

哨音響起。

紅組O字成員抱著球，朝校舍區狂奔離散。早已蓄勢待發的紅組X字隊員拿著球對白組成員進行無差別攻擊。但白組隊員運動神經發達，被攻擊後立即反擊。

幾乎是在哨聲響起的那一瞬間，比賽直接進入白熱化，球像是砲彈一樣在運動場上穿梭，擊中目標時發出響亮而扎實的碰撞聲。

O字隊員被砸中時，手臂上的字樣自動轉為X。

太快了吧！

福星一時間反應不及，愣在原地。同時，一顆球朝他飛落。

「小心！」珠月趕緊抓住福星的手，往旁邊拉扯，驚險地躲過，「先離開這裡再說！」

她伸手抓起站在一旁的洛柯羅，三人手拉著手往運動場外奔去。

布拉德原本對這突發的遊戲沒啥興趣，但在看見福星、洛柯羅和珠月三人攜手奔跑時，頓時變得鬥志高昂。

「滾開！」他拿起球狂砸紅隊隊員，硬是開出一條通道。

丹絹看見紅隊的戰略行動，既佩服又懊惱。

如果他也在紅隊的話，就能引用孫子兵法的概念讓整個戰略更完善——

「啪！」

球砸中物體的聲音在他身旁響起，他回頭，只見翡翠幫他擋下了一球。

「專心點呀，室友。」

丹絹挑眉，「我沒雇用你。」

「大特賣，免費服務。」翡翠露出諂媚的笑容，「希望我們的交情會因為我的善意有顯著的改善，足以讓你不忍心把我那小小的商業機密透露出去。」

丹絹沒好氣地哼了聲，「你別妨礙我就好。」

兩個人一前一後地向人少處移動，遠離中心戰場。

「啪！」

又飛來一顆球，翡翠伸手擋掉。扔球的人是一名熊族獸人，手勁很強大，翡翠擋球的手臂隱隱發麻。

「這裡有白隊的O！」

連續好幾球朝著丹絹的位置襲來。

翡翠看著四面八方飛來的球，心涼了半截，但仍咬牙衝到丹絹前方，打算硬接。

早知道就索取醫療費了——

丹絹對著翡翠射出如刃的蛛絲，蛛絲以毫釐之差劃過翡翠的臉頰旁，直接刺破襲來的球。

翡翠轉頭，只見丹絹嘴角掛著嘲諷的笑容。「專心點啊，保鏢。」

紅隊隊員立刻大聲吆喝，向一路興奮地跟在一旁觀戰的派利斯提出抗議。

「犯規！他用球以外的武器攻擊！」

「喔，沒有犯規，我剛剛說過了，規則就只有那兩條。」派利斯笑呵呵地說著，對於學生這麼投入感到相當雀躍，「使用異能力是可以的！不過，只有被球打到的人才算分，其他武器的攻擊是不算分的。」

「所以？就這樣而已?!」

「沒錯。」

「好樣的！不早說！」

原本有所顧忌的學生們紛紛抽刀拔劍，有的則是召出咒語，強化武裝自己的攻擊力。群球飛舞的戰場，瞬間充斥著刀光劍影及咒語的光煙，變得更加混亂。

能用咒語的話就方便多了。

翡翠暗忖，轉過頭，發現丹絹仍然毫無防備地站在原地。附加了咒語的變化球以詭異的球路飛向丹絹，翡翠趕緊喚風將球擋下，並直接原路吹回反擊。

「你不是可以召出防護罩嗎？萬聖節試煉的那種？」翡翠質問。

「我已經雇用你，為什麼還要出力？」丹絹理所當然地反問。

「你……」根本奧客！

「還有，剛才那球打到人了。」丹絹指了指翡翠的手臂，上面變為白色的O，「你也是目標，別拖累我。」

翡翠低咒了一聲，一面召喚風阻攔狙擊的飛球，一面護著丹絹逃離。

看來他的室友不像他想像中那麼好打發啊……

「後面好像很吵。」

紅隊O字隊員搶得先機，來到了教學大樓區。大部分的人已躲入大樓，只剩一小撮人還在戶外找尋掩蔽。

小花的手機傳來震動聲，她接起手機，聽了一陣之後轉頭對身旁的隊友通報。「白隊隊員已經有一半的人脫離運動場，派利斯說可以使用異能力和武器，戰情有些變動。」

這超出她的預料。較擅於體術的白隊隊員逐漸挽回劣勢。

福星忍不住抱怨，「不是說要體驗人類的高中生活嗎！」哪個高中會持械進行躲避球比賽！這裡是瑞士還是迦薩走廊啊?!

「另外，能做為得分工具的球數量一直在減少。」小花繼續開口，「那些球上有派利斯的咒語，不能複製，所以除了躲避攻擊之外，也必須想辦法搜集能得分的球。」她回頭瞥了一眼，皺眉，「嘖，追上了，比我想像的還快。大家自求多福吧！」語畢，向上一躍，輕靈地跳上屋簷，在高樓之間移動，最後消失在某扇窗戶後。

聚在一起的一小票紅隊隊員也快速散開，隱入屋宇之中。

步道上只剩下福星和洛柯羅兩人，相當顯眼。

「大家閃太快了吧！」福星奮力狂奔。他也想趕緊躲起來，但他太過緊張，腦中一片空白，完全沒有想法。

「這邊有兩個！」

呼喊聲從後方傳來，接著是一陣雜沓的腳步聲。

福星不敢回頭看到底有多少追兵在後面。

「洛柯羅，快要偏離校舍區了，你的躲藏點是哪裡？」福星看著一直在他身旁向前直奔的洛柯羅。

雖然小花建議O字成員不要躲在一起，以免被盡數殲滅，但他實在是狗急跳牆啦！

「我不知道耶，我只是跟著你跑而已。」洛柯羅笑著回答，「福星想去哪裡呢？」

福星臉色刷白，「我不知道……」

天啊！他應該慎選隊友的！

冷靜點，福星，這只是遊戲，就算被打到也只是少一分罷了，況且變成X之後就不用逃跑了，還可以搜集球……

福星咽了口口水，勉強定下心，決定反退為進。

但當他回過頭，看見單手抓著球、筋肉糾結、殺紅了眼的白隊隊員蜂擁而上時，頓時察覺自己的決定可能會讓他殉職。

他太天真了！

跟在福星身旁的洛柯羅倏地抬起頭，像是被什麼東西吸引一般，望向某棟大樓。接著，勾起微笑。

「洛柯羅！現在不是傻笑的時候！」

「我知道去哪裡了。」

「什麼？」

洛柯羅抓起福星的手，「走吧！」

在福星還沒反應過來時，洛柯羅的身邊漾起一陣銀色光波，浮光掠影般地閃動了倏忽，兩人便從原地消失。

追趕上來的白隊隊員看著空蕩蕩的場地，不明所以。

「人呢？」

「有人看到他們往哪個方向跑了嗎？」

眾人面面相覷。

轉瞬之間光起光滅，轉眼間福星發覺自己所站立的位置不是戶外的空地，而是某棟大樓的走廊。

「哇靠！這招太厲害了！」福星驚嘆不已，「你竟然留了這一手！萬聖節試煉時如果使出來的話，我們就直接秒殺登頂啦！」

「這招不能常用，而且我也不確定是否會成功。」洛柯羅微笑輕語，「畢竟那不是我自己的力量呀……」

「喔喔，我了解。」福星點點頭，「我也不太會控制自己的力量，上次課堂上的形化差點又失敗咧。」他左右張望了一陣，「這裡是哪裡？」

「綜合大樓頂樓的教師休息室之一。」洛柯羅解釋。

「那不是離剛才在的位置很近？只在隔壁棟而已啊！」啊，他果然不能高興得太早！

「快點快點，這邊。」洛柯羅對著福星招了招手，走向其中一間休息室。

「為什麼要選這裡啊？」

洛柯羅抓握住門把轉動了兩下，發現是上鎖的，而且附加了咒語。

他撇了撇嘴，在心裡悄聲道歉。

抱歉，再借他一點點力量吧，他保證這是最後一次。

掌心漾起一陣微弱的金光，門把傳來一陣小小的金屬碰撞聲。

「耶！」洛柯羅歡呼了聲，接著非常順手地轉動門把，將門向內推開，姿態華麗地躍入屋中。福星立即跟在其後踏入房中。

才站定，便發現屋裡有其他人。

「呃！寒川教授！」

「賀福星！又是你們！」寒川勃然大怒的吼聲震耳欲聾。

他站在桌前，瞠目瞪視著闖入的兩個不速之客，神情之中除了憤怒、震驚以外，還帶著明顯的惶恐。

「教、教授！真的很不好意思，我不知道你在裡面！」福星趕緊安撫，「你冷靜點，這是誤會，我們只是在找躲藏的地方，不小心走錯，絕對不是想打擾您，我們馬上就退出——」

福星邊說邊退到門邊，但洛柯羅反而舉步往前。

「噢，沒有走錯，我本來就打算來這裡啊。」洛柯羅走向寒川。

「退後！滾出去！」寒川訓斥，但始終站在桌前，像是被釘在原地一樣。「最後警告，離開這裡！否則我會讓你們接下來的三年都活在地獄之中！」

「啊呀，我都在地獄住過幾萬年了，暫時不想回去。」寒川的恐嚇對洛柯羅而言完全沒有威脅力，他笑著輕快向前一躍，繞到了寒川身側，「啊哈！我就知道！」

寒川咬牙，認命地轉過身，露出了身後的辦公桌。

辦公桌上放著一個橢圓形的咖啡色物體。那是懶熊的頭。正確來說，是懶熊頭造型的蛋糕。蛋糕旁還放了一臺老式相機。

「是小熊耶！」洛柯羅低頭嗅了嗅，揚起笑容，「好香甜的味道！有巧克力、奶油和櫻桃！可以分我一點嗎？福星也要嗎？」

福星有點尷尬。

他頓時理解，自己又不小心發現寒川教授的小祕密。

「呃，洛柯羅，還是不要比較好，那是寒川教授的東西。」福星一邊勸退洛柯羅，一邊努力無視寒川殺人的目光，「那個蛋糕……應該是教授準備要送人的，畢竟聖誕節快到了，買一、兩個蛋糕也是很合理的事……」

「可是這裡有切痕耶。」洛柯羅指了指蛋糕邊緣。

「那、那個……寒川教授為人謹慎，在送人蛋糕之前先親身試毒，也、也是非常合理的事……」啊啊！他盡力了！掰不下去了！

「夠了！閉嘴！」寒川怒斥，打斷了福星的睜眼說瞎話，凜聲警告，「該怎麼做，我想你應該很清楚……」

「是是是，當然當然，」福星誠惶誠恐地回應，「我什麼都沒看到，我沒看到蛋糕，就像我從沒看到寒川教授洗泡泡浴放小鴨鴨——呃嗯。」接下來的話語在寒川的目光之下自動吞回。

「而且還很可愛。我是說小鴨鴨，當然，寒川也很可愛。」洛柯羅低頭，擅自拿起裝飾在邊緣的巧克力片，放入嘴中，「小熊蛋糕也很可愛！」

「誰准你吃了！」寒川指向門版，「滾！」

「砰！」幾乎是同一時間，門板被粗暴地撞開。

站在門前的福星回頭，正好和白隊的妖精四目相對。

「發現紅Ｏ！」

「別、等等！慢著——」

福星本想阻止對方，但是見獵心喜的敵手根本沒發現房裡的異狀。修長的指頭將球高舉，朝著福星猛力發射。

福星趕緊拉著洛柯往下蹲。

福星和洛柯羅蹲下的那一刻，外頭的人馬便看見了寒川，他們臉色瞬間刷白，但想收手已經來不及了。

「啪！」

少了屏障，球體筆直而準確地砸向蛋糕，炸得滿屋都是。

寒川的臉上、身上布滿了殷紅的櫻桃醬和奶油，看起來格外獵奇猙獰。

「哇，小熊被爆頭了。」洛柯羅悠悠起身，看著毀容的懶熊蛋糕，惋惜地嘆了口氣，接著他望向寒川，伸出食指抹去寒川臉上的奶油，放入自己的口中，「嗯！好吃！」

寒川並沒有理會洛柯羅的舉止，他的注意力放在闖禍的白隊學生身上，瀕臨爆發邊緣。

「你們這群狗雜碎！」

「寒、寒川教授！我們很抱歉！」

趁著寒川把矛頭指向白隊隊員，福星趕緊拉著企圖偷吃盤中殘餘蛋糕的洛柯羅往外跑。

但是，才穿過走廊，衝下樓梯，便和一群手持武器的白隊女隊員迎面撞上。

「發現目標了！」

「有兩個！」

福星心中大叫不妙。

他趕緊調頭欲逃，但洛柯羅卻停下腳步。

「福星你先走吧，後走廊那裡還有一個出口。這裡交給我就好。」

「但是——」

「福星很弱，被攻擊的話會變得和剛才的小熊蛋糕一樣。」洛柯羅拍掌，「啪的一聲，噴出一堆紅紅白白軟軟黏黏的東西。」

「呃……你這樣說也是啦，可是——」丟下伙伴是很沒道義的事啊！

「我會沒事的。」洛柯羅微笑催促，「快點，她們快上來了！」

福星看了洛柯羅一眼，拍了拍他的肩，然後轉頭奔向走道彼端。

女學生們沒多久之後便趕上。她們分成兩路，一路人前去追捕福星，一路人則把洛柯羅逼向樓梯間的牆角。

「受死吧！」為首的女生厲聲下令。

眾球高舉，瞄準目標。

「妳們要用球砸我嗎？」洛柯羅露出了驚愕不已的表情，像是得知聖誕老人不存在的孩童一般。

原本目露凶光的女生們出現猶豫。

「當、當然。」

「為什麼？」洛柯羅走向領頭者，那過分俊帥的容顏，讓對方情不自禁地向後退了一步，「我做錯了什麼嗎？為什麼要這樣處罰我？」

沒有料到會被這樣質問，女學生亂了手腳。

「呃，這不是處罰，是比賽……」她指了指洛柯羅手臂上的O字標記，「因為你是紅隊的O，所以，我們有攻擊你的必要……當然，你也可以用你的球攻擊我們……」

洛柯羅恍然大悟地點點頭，漾起安心的笑容，「原來是這個標記不好。」

「嗯，對。都是那個標記不好。」女學生下意識地順著洛柯羅的話答腔。

「這樣的話很簡單呀。」洛柯羅笑了笑，伸手將外套脫下。

然而，外套脫掉之後，發亮的紅圈卻跑到襯衫上。

「咦？怎麼還有？這樣的話只好繼續脫了……」洛柯羅解開釦子，褪下襯衫，露出了完美有如雕像的身軀。

眾女倒抽一口氣，臉部瞬間充血漲紅，發出羞赧的驚呼和嬌笑。洛柯羅趁這時機開溜。

另一方面，企圖奔向後方出口的福星，還沒離開走道就被追兵趕上。

看著團團將自己包圍的女學生，福星立刻舉雙手求饒。

「大姐，饒命啊！」

「放開你的球。」

福星乖乖鬆手讓球滾落地面。對方撿起。

「這樣可以了嗎？」

「竟然完全不反抗，真遜。」女學生們發出輕視的嗤笑。

「我不忍心打女生啦……」就算對方的戰鬥力明顯高出自己好幾倍，但是要他拿球砸女生，他還是下不了手。

這大概是小學時不小心弄哭某個女同學，而被孤立了一學期的後遺症吧。

「可以手下留情嗎？」福星看著對方手中流轉著不祥紫光的球，咽了口口水，「如果妳希望的話，我也可以脫光上衣。」他聽見了洛柯羅剛才做的事，以為能如法炮製地以青春的肉體化干戈為玉帛。

女學生們露出了被羞辱的鄙夷神情，「誰要看那種東西！」

眾球砸落，福星伸手擋住頭。

但是預期的疼痛並沒有降臨，他只覺得自己被一道普通的力道打中腳，沒有其他攻擊。

「嘖，漏了一個。」小花的聲音響起。

福星放下手，發現小花和珠月正擋在自己面前。丟向他的那些球，被封在珠月召出的水牆之中，全數落入了紅隊手裡。

「小花！」

「謝謝你幫忙收集彈藥。」小花轉頭對著珠月開口，「快拿去給其他隊員。」

珠月對著福星招了招手，接著離開。

「好了，現在我手上有球。」小花對著白隊成員們挑釁地掂了掂手中的球，「我和這傢伙都是X，沒有球的白O小婊子們，還要繼續嗎？」

福星看了自己的手臂一眼，原本的O已變成X。

白隊成員們低咒了幾聲，撤退。

福星鬆了口氣，「妳們出現的時機還真剛好！」

「不是時機剛好，我們一直在這附近埋伏。」

「什麼？所以，剛才發生的事妳都看到了？」

「也沒有全部，大約在你們下樓之後才看見。話說，你和洛柯羅是怎麼進屋的？我們完全沒察覺到你們。」

「妳就這樣冷眼旁觀看我們被圍攻啊？」

「最後不是有出手相救嗎？」小花不耐煩地哼了聲，「況且這原本就在計畫之中。我們缺乏彈藥，剛好你被圍捕，所以就利用你取球。」

「什麼啊！妳當這是草船借箭嗎！」

「恭喜你找到揮灑自己的舞臺啊。分數快被追上了，我得去前線幫忙。」小花轉頭，準備前往主戰場廝殺。

「喂！等一下！我現在也是X，留顆球給我！」

小花沉默兩秒，「你還是繼續當草船吧。」語畢，推開窗一躍而出。

經過方才那番混亂，福星和洛柯羅走散。他悠閒地步出大樓，在校區裡亂晃。變成X的他不用提心吊膽地躲人，但沒有球也不能做任何事。他走到中庭花園，坐入了某張樹下長椅。真悠閒啊。早知道變成X之後這麼輕鬆，他應該忍痛挨一記的。

不過，看著大家那麼投入比賽，他有點羨慕。

他也想要像萬聖節試煉時那樣，和伙伴一同作戰、一同比賽。但是因為原本的伙伴都被打散了，加上這個活動完全沒有他能派上用場之處，他也只能認分地接受。

看著空蕩蕩的中庭，他想起了國中時代的自己。

國中時的體育課他也是這樣度過。老師和同學都知道他身體不好，出於關心，便讓他在一旁休息，不用上場進行太過激烈的運動。

雖然不用做操，也不用跑八百，大熱天也不用站在太陽下曬。可是，那樣的生活真的很無聊……

他真的很討厭一個人的感覺。

幸好在夏洛姆，無聊是暫時的，而不是常態。

「刷刷……」

身後的樹叢發出細微聲響，福星好奇地轉過頭，發現在覆了層雪的矮灌木叢旁，有道紅色的身影。

他將頭向後仰，發現妙春正抱著球蹲在樹叢中。

「妙春？」福星出聲叫喚。

妙春嚇了一跳，抬起頭，發現是福星便鬆了口氣，但她並沒有從草叢裡走出。

「妳不出來嗎？」

妙春搖了搖頭，將身子側向一邊。福星看見，對方手臂上的字樣是白色的O。

「我和紅葉不同隊，我想和她會合……」妙春小聲地開口，「可是比賽一開始我就被人群衝散了，我只能一邊躲一邊找她。」

遠方傳來腳步聲，妙春趕緊縮到樹後。

來者是出差的布朗尼，虛驚一場。

「妳手上的字樣是O，很容易變成目標的。」福星開口。

「那要怎麼辦？」

「我是紅隊的，我用球丟妳，這樣O就會變成X了。妳就不會被人追捕了。」福星停頓了一秒，有點不好意思地開口，「如果妳不願意的話沒關係，我沒有球，又很弱，妳可以無視我的存在。」

雖然以上的發言聽起來像是在占妙春便宜，不費吹灰之力地為紅隊得分。但說實話，對於這個建議他自己也很怕，因為攻擊妙春之後，他就會變成目標。

「我相信你。」妙春微笑起身，「紅葉說福星是那種會一輩子保持童貞之身的濫好人，你很善良。」

福星乾笑了兩聲，不知道該高興還是傷心。「謝謝誇獎啊……」

妙春將球遞給福星，福星接過球，輕輕地敲了妙春的肩膀一下。一瞬間，白O變成了X。

「會痛嗎？」福星小心詢問。

「一點也不會。」

遠方再度傳來腳步聲，聽來人數不只一個，必定是其中一隊的追兵。

「我們分頭跑！」他不確定來者是哪一方，如果不是自己人就糟了。

「可是我現在是X。」妙春開口。

「我們不同隊，被發現在一起行動的話不太好。」腳步聲越來越接近，福星對妙春揮了揮手，「我先走啦！」接著，朝著道路彼端逃離。

後方追兵發現了福星，呼喊聲隨之響起，「發現紅隊隊員！」

嘖！是白隊的！

福星在心裡叫糟，而且他發現，剛才的聲音聽起來有點耳熟。

金色的身影御風而至，風精靈降臨福星面前，擋住了他的去路。

「翡翠?!」

「福星，你是O呀。」翡翠嘆了口氣，拋起手中的球，球乘著氣流在空中旋轉。

白隊的其他隊員包括丹絹都趕上，虎視眈眈地看著福星。

「我們是朋友吧！」福星向翡翠哀求，打算動之以情。

「友情不是用在這種地方的。」翡翠微笑，空中的球蓄勢待發，「抱歉囉！」

眼看球即將砸落，福星以生平最快的速度抽出口袋中的錢包，像是要變身的假面騎士一般高舉過頭，「放過我，三十歐元！」

翡翠的動作立即停頓。「你是認真的？」

「對！付現！」福星察覺翡翠動搖，乘勝追擊，繼續加碼，「驅逐你的隊友，再加五十元。」

「你要什麼寶啊？」白隊的隊員看著福星荒唐的舉動，發出輕笑，「我們可是隊友呢！」

翡翠也跟著輕笑，「你以為我是那麼膚淺的人？」

話語方落，浮在空中的球瞬間轉向，朝著隊友連發砸落，突如其來的攻擊打得他們眼冒金星。

「我豈是膚淺到把隊友看得比錢還重要的人？」翡翠一把撈起福星，召喚起風。

「……你這沒節操的爛人。」丹絹冷眼瞪著翡翠。

「我又沒對你下手，已經仁至義盡啦！」翡翠笑了笑，「多保重了，室友！」

風起，翡翠和福星離開原處，降落在大樓另一側的空地上。

「任務達成，付錢吧。」

福星哀怨地拿出錢包，心痛地抽出鈔票，「我以為你會放我一馬的說。」

「這是兩回事。我喜歡你，但是你還沒重要到那種地步。」

「是喔……」

「別傷心，如果兩方人馬同時掏錢的話，我會優先買你的帳。」

「還真是謝謝喔！」

翡翠收起錢，「交易完成，謝謝惠顧。」

飄在翡翠腳邊的球再度飛起，對準福星。

福星微愣，「你這是幹什麼？」

「我們是敵人呀，福星。」

「我不是已經付錢了嗎?!」

「那是剛才，暫停攻擊是有時限的。」翡翠揚起奸笑，「你可以繼續雇我停止攻擊，一直到比賽結束。」

「你這奸商！」

「不能這樣說。」翡翠搖了搖頭，「要怪，就怪景氣吧。」

「轟！」

火柱忽地凌空甩落，擊中兩人身旁的地面。

翡翠向後跳，避開火燄。但落地的火燄像是有生命般在地面奔竄，將翡翠繞住。

翡翠想跨出火圈，但是才一靠近，火燄便迅速立起，變成一道火牆。他本想召喚風飛離，但當風才微微颳起時，火舌立即轉劇，使他無法凝聚風力。

翡翠皺眉對福星說道，「撤掉它！」

「我要是這麼厲害的話，哪需要花錢消災啊！」福星也對突如其來的火燄一頭霧水。

「那是我的火燄。」一道女聲響起。

福星轉頭，發現紅葉牽著妙春，千姿百媚地走來。

「謝謝你照顧妙春。」

福星不好意思地抓了抓頭，「沒啦，我才被她照顧……」

妙春側耳聆聽，發出警告，「好像有人來了！」

「再會囉！」紅葉抱起妙春，飛躍離去。

福星也趕緊逃離。

「你們就丟下我一個人在這裡？」翡翠吶喊，「先撤掉火燄啊！火狐狸！我送妳白銀會員卡！」

腳步聲響起，翡翠轉頭，發現來者是丹絹。

丹絹發現翡翠的處境，露出了興味盎然的表情。

「嗨，室友，」翡翠故作輕鬆地對丹絹揮了揮手，「可以幫我個忙，把我弄出去嗎？」

丹絹雙手環胸，站在火圈外圍，「我沒叫人來已經算仁至義盡了。」

他彈指，蛛絲畫空飛過，斬落幾段樹枝。他彎腰一一拾起樹枝，抖去上頭的雪片。

「你在幹嘛？」

「幫你加點柴火。」丹絹放下手，將把樹枝扔到火燄內。

多了燃燒物，火燄變得更加旺盛，並且發出焦黑的煙。翡翠咳嗽連連。

丹絹轉身，輕笑，「多保重囉，室友。」

福星像是無頭蒼蠅般盲目亂竄，逃進某棟大樓，迂迴地繞路上樓，朝著圖書閱覽室賣命前進。

閱覽室是附屬於校舍裡的小型圖書室，藏書主要是和課程內容有關的參考書籍，只有在期中或期末報告地獄期才會有學生出入，平常很少有人在裡頭。

福星推開拉門，氣喘吁吁地踏入室內。卻在窗邊的座位上，看見了熟悉的人影。

「理昂！」

理昂抬眼，冷冷地望向福星，然後漠然地將目光移回書本。

「我可以坐這裡嗎？」福星走到理昂身旁，小心翼翼地詢問。

理昂沉默了片刻，淡然地應了聲。

福星開心地坐到理昂面前的空位，鬆了口氣。不知為何，看見理昂讓他安心了不少。

福星趁機喘息休息。理昂自顧自地看書，沒有理會福星。兩個人就這樣靜靜地坐著。

身旁的窗戶是開著的，寒風直接吹入，但理昂不為所動，彷彿送入屋中的是溫暖的春風。

闇血族是耐寒的種族，清冽寒風讓他覺得思緒清晰，有助於思考。

桌上擺的書是特殊生命體與白三角的爭戰紀錄，他必須格外冷靜，才能閱讀下去，將這些知識化為土壤，孕育復仇的種子。

過沒多久，福星開始覺得冷，身子微微發抖。

剛才一直在跑步，流了一身汗，現在靜下來之後覺得格外寒冷。

「理昂你不冷嗎？好厲害喔！」

理昂抬起頭，發現福星的嘴唇發白、臉色鐵青，卻仍然笑呵呵地看著他。

「你……」

要是覺得冷，可以換位置。

他本想這麼說，但是外頭傳來了談話聲，讓福星有如驚弓之鳥一般迅速站起。

「啊！有人來了！」福星立即鑽到桌下，縮到理昂腳邊視線死角的空位，「要是有人問起，不要說你看到我！」

理昂挑眉。

他為何要配合？

但他最後保持沉默，決定冷處理。

蜷縮在桌下、抱著膝的人影，落入眼角的餘光之中。

理昂突然想到，許久以前也有類似的經歷。

當莉雅還是個孩子時，也曾這樣躲在他的書房裡。

「艾蜜莉來找我的話，你要說你沒看見我喔！」年幼的莉雅認真地交代。

「放心，我不會說的。」理昂憐愛地看著自己的妹妹。

門扉開啟聲打斷了理昂的回憶，將他拉回現實。

書頁上，一幅闇血族遭白三角以銀劍貫穿心臟的中世紀繪畫，躍入眼中，勾起了他家族遭受突襲那一夜的回憶。

雙目轉為鮮紅。那是憤怒、悲慟的色彩。

步入屋中的是白隊的闇血族，他看見理昂時，主動打了聲招呼。「噢，夏格維斯。」

理昂轉過頭，咬牙切齒地看向來者。

對方在看見理昂猙獰的表情時，立即以極快的速度原路退出。

外頭傳來一陣小小的討論聲，沒人進屋。片刻，人聲遠去。

「理昂好帥喔！光是坐在這裡就可以把人嚇跑！」福星仰頭，發現理昂的怒容，乖乖縮回原位，「呃，抱歉……」

過沒多久，門扉再度開啟。

「雖然我的隊員勸我不要進屋，但我覺得他們小題大作。」布拉德的聲音傳來。

理昂的情緒已冷靜下來，他頭也不抬，完全當布拉德不存在。

「我的隊員看到紅隊的隊員進入這棟大樓，但找不到人，你有看到嗎？」

「我不知道。」理昂冷然回應。

以往他是不會理會獸族的，但經過萬聖節試煉，他對獸族的厭惡程度有些許下降。他願意分點微薄的禮貌給這個獸族成員。

「喔？」布拉德挑眉，似乎半信半疑。

他張望了閱覽室一圈，沒看到人，便打算離開。

「嗶嗶嗶！噠噠噠啦啦啦～～」

歡樂的手機鈴聲響起，打斷了布拉德離開的步伐。

理昂的臉色沉了幾分。

布拉德挑眉。

他聽過這個手機鈴聲，是賀福星的手機！

窩在桌下的福星手忙腳亂地掏出手機，上面的來電顯示是洛柯羅。

啊啊啊！洛柯羅！我會被你害死啊！

匆匆按掉通話鍵，但已經太遲了。布拉德已經聽出聲音來源，走到了理昂的桌旁。

「讓開。」

理昂挑眉，「你在命令我？」

「賀福星藏在這裡對吧?!」

「別得寸進尺，獸族……」理昂森然警告。

窩在桌下的福星這才發現自己躲在這裡是個錯誤。要是因為他而害理昂和布拉德打起來就糟了。

此時門扉再度打開，布拉德戒備地轉過頭，整個人進入備戰狀態。

進屋的是珠月。

珠月發現布拉德的存在時，露出了慌亂的表情，發出驚呼。

布拉德趕緊收回攻擊架勢，「呃！別緊張！我、我不會攻擊妳！」他雙手舉在兩旁，把球扔到地面。

珠月鬆了口氣，走進屋。

「你人真好，我手上的紅O一直無法隱藏，也沒辦法偽裝……」珠月笑著開口，彎腰撿起球，走向布拉德，看似要親手將球歸還，「幸好遇見了你。」

布拉德不好意思地抓了抓臉，「這沒什麼……」

「幸好你是個笨蛋。」珠月漾起帶著邪氣的笑容，猛地把球砸向布拉德。

布拉德微愣，手臂上的白O變成X。

「珠月……為什麼？」

「因為我不是珠月。」珠月舉起手，劃過面前，面容瞬間變成了芮秋，「本來想變裝成白隊隊員，但是派利斯的字紋無法更動，只能變成同隊的人物。」她勾起紅豔的嘴唇，「效果出乎意料地好呢！小笨狗。」

「你該死的吸血妖女——」布拉德抓起球，準備反擊，但是芮秋身形一閃，躍入了夜色之中，只留下笑聲迴響。

布拉德氣急敗壞地跑出閱覽室。

桌下的福星鬆了口氣，「謝謝你耶，理昂。」

雖然危機解除，但活動還有二十分鐘才結束。小心起見，他還是繼續待在這裡比較保險。

福星抱著膝，安靜地窩在桌下。

屋裡極為冷清，只有風聲，以及偶爾響起的翻書聲。

雖然如此寂靜，但他卻覺得很安心。

因為他不是一個人。

因為理昂陪著他。

理昂逕自看著書，忽地感覺桌下的人靠向了他的腿。

他側頭向下看，發現福星已經睡著，倚著自己的大腿外側，看起來非常安詳。

理昂本想叫醒福星，但後來還是作罷。

他不想打斷這樣的寧靜，因為賀福星醒來的話會很聒噪，會破壞這樣的安寧。

僅是因為如此。

同一時間，中庭廣場，白組和紅組的人馬正面撞上。比賽剛開始時的大亂鬥畫面再度上演。

激鬥到最熱烈之刻，忽然，每個人手臂上的字樣開始閃動，幾秒後消失。

「字樣不見了?!」

「比賽結束了嗎？不是還有二十分鐘？」

眾人困惑不已地折返運動場。

只見那裡已站了兩個人。一個是派利斯，另一個是寒川。

派利斯的臉色很沮喪，寒川的臉色則比平常臭了好幾倍。

「派利斯教授高估了各位的道德和智能水平。」寒川等全員到齊之後，厲聲斥責，「你們的愚行為他人帶來嚴重的困擾，破壞秩序，泯滅良知！」寒川瞪了派利斯一眼。「我對於導致這局面的始作俑者感到非常失望痛心！日後必定會更加嚴格地盡到督導之責！」

派利斯的頭更低了幾分，看來應該是被寒川狠狠地訓斥了一頓。

就這樣，比賽被迫中止。最終是誰勝誰負也沒人知道，不了了之。

比賽結束，課程也提早下課，學生們紛紛散去。

「真是場鬧劇……」小花哼聲，轉頭看了翡翠一眼，「你的髮尾怎麼焦掉了？」

翡翠和丹絹互看了一眼，前者露出苦笑，後者則是一臉不以為然。

一旁的紅葉揚起惡作劇的笑容。

布拉德則是一直用惱怒的眼神瞪著芮秋。

「幹嘛一直看著我呀，小笨狗？」

布拉德沉聲警告，「妳給我小心點……」

「發生什麼事了嗎？」珠月好奇開口。

「噢，剛剛在比賽的時候呀，我——」

「賀福星人呢？他跑去哪了？」布拉德連忙打斷芮秋，一邊大聲詢問，一邊左右張望。

「沒看到。我以為他會和你們會合。」

「大概已經走了吧。」

「打個電話給他好了。」珠月拿出手機。

「喔，福星好像在忙，我剛才打電話給他，結果他掛斷了。」洛柯羅開口。

「這樣呀。」如果在忙的話，還是別打擾好了。

「哈啾！」

福星醒來時，理昂已不見蹤影。

他看看錶，活動已經結束半個小時，手臂上的字樣也消失。

「不曉得是哪一隊贏……」

他想站起身，但雙腳已麻痺。他只好扶著椅子，緩緩爬起，舒展開僵硬的筋骨。

椅背上掛著件外套。福星好奇地拿起，看見上頭繡著的名字是理昂。

理昂的外套怎麼會留在這裡？是他忘記拿嗎？

他將外套抱在懷中，打算順便拿回去還給理昂。

踏出大樓，深夜的寒風讓福星直打哆嗦。

他看著懷裡的外套，考慮著是否要穿上。

最後打消念頭。

算了，他們的交情還沒到這種地步。理昂好不容易才願意稍微接納他，他還是別冒險，以免難得累積了一點點的好感度再度消失。

於是他忍著寒風，咬牙跑回宿舍。

若是在離開閱覽室前，福星多留意一下的話——

他會發現，原本開著的窗，那時已經關上。

他會察覺，在細微不可知不可見之處，心與心之間的距離，開始轉變。

——番外　完

Side story

晚餐時間大突襲——主角們的日常

時間：傍晚時刻，夜間課程開始前的晚休時間。
地點：夏洛姆中央食堂。
特派記者：藍旗

目前是晚上六點十七分用餐時間，從畫面中我們可以看見主角們已經領取好餐點歸位，接下來我們將更加深入現場，為您直擊主角們所在的餐桌，揭開不為人知的生態祕密。（搞得像動物星球頻道似的……）
藍旗：大家晚安！今天過得好嗎？可以讓我們訪問一下嗎？
眾人：（冷眼回視）不可以。
藍旗：（燦笑）有人想下集就領便當嗎？
眾人OS：（這是暴政……）
藍旗：這也是為了讓大家更了解你們才辦的活動，請配合點！好，廢話不多說，先來看看大家的菜色——福星，你點的是什麼？
福星：（有點受寵若驚）呃嗯，這是去櫃檯點的義大利麵套餐，然後這邊是我去自助式食區拿的炸蚵酥、宮保雞丁還有雞排。
藍旗：（讚許點頭）真是富有中西合璧的精神，這道菜展現出了文化交流及民族融合的意念——（後腦遭重擊）呃嗯！請問為什麼跑兩趟，不直接一次點完餐？

福星：因為我想吃麵上的紅酒肉醬，這個真的很好吃！但是因為中午已經吃了西餐了，所以就又去拿了一些中式餐點。

藍旗：你可以去拿碗白飯把麵上的肉醬淋上去偽裝成滷肉飯。吃得下這麼多嗎？

福星：吃不完就包菜尾回寢室吃啊。

理昂：（臭臉低語）你上次打包回去的東西還放在冰箱裡。

福星：啊？上次？哪次啊？

理昂：印度料理日的那次……

翡翠：那不是上星期三的晚餐？我看那咖哩都快變史萊姆了吧！

紅葉：那放兩餐就和鼻竇炎的鼻涕沒兩樣，黃黃濃濃的。噢，如果顏色淡一點的話就像另一種東西，你知道的，從下面——

眾人：妳可以閉嘴嗎？

藍旗：（對理昂投以同情目光）呃嗯，那麼，理昂，你點了什麼？

理昂：紅酒燉牛肉套餐。

藍旗：味道如何？

理昂：不差。

藍旗：呃，理昂有討厭吃的東西嗎？

理昂：沒有。

藍旗：那為什麼剩這麼多紅蘿蔔？

理昂：（沉默三秒）……巧合。

福星：才怪咧！他最討厭吃紅蘿蔔了啦！每次都把紅蘿蔔留下！上次被我發現後，他就把紅蘿蔔戳得爛爛的混在醬汁裡拿去回收——

理昂：（眼神兇惡）你也想被戳得爛爛的混在那包臭咖哩裡倒掉嗎？

福星：（轉移話題）呃嗯，那個翡翠，你吃的是什麼？為我們介紹一下吧！

藍旗：喂，不要搶我工作！

翡翠：我點大盤的凱撒沙拉，還有蔬菜濃湯和果菜汁。

藍旗：聽起來很養生。是為了要活久一點、摳更多錢嗎？

翡翠：我不喜歡肉味。被殺死的生靈肉體上會留有一種帶著怨念的毒素，對一般人沒什麼影響，但精靈對這個味道很敏感。

藍旗：你總算有一點像精靈的地方了。

翡翠：（微笑）訪談的費用比照手機通話，以秒計費，我會把帳單寄給你，郵資你出。

藍旗：你給我記著……紅葉，妳吃的是什麼？

紅葉：味噌拉麵。

藍旗：懷念家鄉的味道嗎？

紅葉：是啊。這讓我想起我的第十三任男友，在九州開立食拉麵店的。

藍旗：哇，好浪漫啊。沒想到紅葉也有純情的一面。

紅葉：不過，雖然是開立食拉麵，他老兄倒是無法立很久……

藍旗：（無視）妙春妳點的是什麼？

妙春：烏龍麵！我喜歡它的湯，有淡淡的甜味。魚板很好吃！今天是花丸的圖案喔！

藍旗：妙春真可愛。那麼另一個像小孩子的傢伙，洛柯羅，你吃的是……

洛柯羅：布朗尼、黑森林蛋糕、馬卡龍、磨菇披薩、燻雞派、德國布丁、奶酪、墨西哥捲餅、玉米餅、白玉紅豆，還有——

藍旗：慢著，怎麼都是點心類的東西？

福星&翡翠：他就是這樣。不用管他了。

藍旗：人類的死小孩也沒挑食挑成這樣。你的餐點菜色會讓所有的父母抓狂。

洛柯羅：是喔？那真幸好我沒有這種負擔。（繼續開心地吃）

藍旗：那，珠月妳點的是——呃？好紅！怎麼會紅成這樣?!這是辣椒嗎?!

珠月：（不好意思地放下筷子）我點的是泰式酸辣麵，另外有一小盤辣子雞丁……

藍旗：不會辣嗎？
珠月：還好，並不是單純喜歡辣味，只是覺得這些料理加重辣味的話，味道很棒……
藍旗：真是人不可貌相。看不出來妳口味這麼重鹹。
小花：不會意外啊，看她硬碟就知道她口味重鹹。
珠月：小花！
藍旗：我似乎聽到了些什麼？小花，妳的晚餐呢？
小花：（望向廚房後門）正要送來。
（五隻布朗尼吃力地扛著一艘木製的船形餐盤，上頭擺滿了豪華生魚片組合以及數十隻蝦刺身，船頭豪邁地擺著巨大的魚頭。五隻小妖精蹣跚地把軍艦生魚片送到小花面前，安安穩穩地放下。眾人瞪大眼，目光聚集到船上，連其他桌的學生也側目低語。）
藍旗：……這是什麼？
小花：軍艦生魚片。
紅葉：有這道菜嗎？我怎麼沒看到菜單上有？
小花：行家點餐，從不照著菜單點。
珠月：要怎麼點這道菜呀？
小花：在深夜的花壇暗處看見主廚幽會的過程並且存證。祕訣是交涉時話不能講太明，要用暗示的，給對方無限的想像空間並且自行腦內補完。

眾人OS：這是勒索吧……

小花：細節就不用那麼在意了。快點進行你的訪問吧。布拉德同學，你今天吃的是厚切烤牛肉、迭香烤雞腿、橙香豬排，還有羊肋排對吧？

布拉德：沒錯——為什麼妳會知道？

小花：恰巧猜到而已。

藍旗：布拉德你的飲食習性也是很明顯，全都是肉，標準的肉食男。

布拉德：男子漢本來就該大口喝酒、大口吃肉。

小花：事實上他近來有維他命C攝取不足的問題，所以回寢室前都會帶一串香焦。

布拉德：是啊，嘴裡長皰的話很麻煩——慢著，為什麼妳又知道了?!

小花：恰巧猜到而已。話說，這次莫名其妙打擾的只有你一個人？

藍旗：什麼打擾！是採訪！是啊，只有我。

小花：那為什麼食堂裡還有另一個人類？（伸手指向不遠處，只見一名白皙嬌小的人影獨坐一桌，桌面上擺滿數道餐點與空了的餐盤）

藍旗：喔！是倉鼠！

布拉德：你腦子壞了嗎？那是人類。

藍旗：倉鼠是她的名字！蠢貨！知道這人是誰嗎?!她可是重要的美編大人啊！大家快一起過去問候請安！

布拉德：為什麼要做那種事？

藍旗：如果你們希望封面上的臉被標題擋住，或者是擺出羞恥又低級的姿態的話，大家可以更失禮一點沒關係。

眾人OS：這可不行。

（一群人移動至倉鼠的桌旁。）

藍旗：倉鼠大人！沒想到會在這裡遇見妳！怎麼一個人默默在這裡用餐？

倉鼠：我來工作取材，順便用餐。

藍旗：真是敬業啊！令人感動——呃，妳一個人來嗎？這桌東西……都是妳吃的？

倉鼠：（點頭）

藍旗：真是太驚人了！倉鼠大人，能不能為我們介紹一下妳的餐點呢？

倉鼠：嗯嗯。我吃了肉包、優酪乳、香蕉一根、蕃茄十粒、便當（雞腿、菠菜、滷蘿蔔）、無尾熊餅乾、BL漫畫、巧克力、檸檬茶、百香果一顆、牛肉麵……

藍旗：這裡的餐點外人也可以吃嗎？

倉鼠：沒人說不行。

福星：這太多了吧！

倉鼠：身為一名美編，本來就會消耗很多體力，吃這樣的分量是相當合理的事。

紅葉：妙春，妳在看什麼？

妙春：桌上放的漫畫呀，這書裡的內容好特別，原來男人們都會一起洗澡然後互相幫對方洗下面——

紅葉：妙春！把書放下！

福星：……是我看錯了嗎？珠月妳剛才是不是偷放了一本到包包裡？

珠月：沒！呃，只是意外！

翡翠：喂，藍旗人呢？

（藍旗正在餐點區瘋狂地搜括食物。）

藍旗：早知道可以吃，我就多帶幾個保鮮盒來裝啦！

倉鼠：請幫我再拿兩個包子和一瓶優酪乳過來。

眾人：（心中怒火升起，額角青筋暴凸）保安！保安！立即把這兩個人轟出去！

——番外〈晚餐時間大突襲——主角們的日常〉完

高寶書版集團
gobooks.com.tw

輕世代 FW180
蝠星東來01

作　　者　藍旗左衽
繪　　者　ダエ
編　　輯　謝夢慈
校　　對　林紓平
美術編輯　彭裕芳
排　　版　彭立瑋
企　　劃　陳煒翰

發 行 人　朱凱蕾
出　　版　三日月書版股份有限公司
　　　　　Printed in Taiwan
地　　址　臺北市內湖區洲子街88號3樓
網　　址　www.gobooks.com.tw
電　　話　(02) 27992788
電　　郵　readers@gobooks.com.tw（讀者服務部）
　　　　　pr@gobooks.com.tw（公關諮詢部）
傳　　真　出版部　(02) 27990909　行銷部 (02) 27993088
郵政劃撥　50404557
戶　　名　三日月書版股份有限公司
發　　行　英屬維京群島商高寶國際有限公司台灣分公司
　　　　　Global Group Holdings, Ltd.
初版日期　2016年 3 月
十二刷日期　2021年 4 月

國家圖書館出版品預行編目(CIP)資料

蝠星東來 / 藍旗左衽著.-- 初版. -- 臺北市：三日月書版股份有限公司出版：英屬維京群島高寶國際有限公司臺灣分公司發行, 2016.03-
面；　公分. --

ISBN 978-986-361-260-5(第1冊；平裝)

857.7　　105000347

三日月書版

三日月書版

GOBOOKS & SITAK GROUP ©

GOBOOKS & SITAK GROUP ©